JULES VERNE
1828 ～ 1905

再读儒勒·凡尔纳

喀尔巴阡古堡

〔法〕儒勒·凡尔纳／著　　周国强／译

人民文学出版社

Jules Verne
Le Château des Carpathes
根据法国奥摩尼布斯出版社2002年版本译出

图书在版编目(CIP)数据

喀尔巴阡古堡/(法)凡尔纳著;周国强译.—北京:人民文学出版社,2015
(再读儒勒·凡尔纳)
ISBN 978-7-02-011533-4

Ⅰ.①喀… Ⅱ.①凡… ②周… Ⅲ.①科学幻想小说—法国—近代 Ⅳ.①I565.44

中国版本图书馆CIP数据核字(2016)第069888号

责任编辑	王瑞琴
装帧设计	刘　静
责任印制	史　帅

出版发行　人民文学出版社
社　　址　北京市朝内大街166号
邮政编码　100705
网　　址　http://www.rw-cn.com

印　　刷　三河市鑫金马印装有限公司
经　　销　全国新华书店等

字　　数　130千字
开　　本　710毫米×1000毫米　1/16
印　　张　13　插页3
印　　数　1—8000
版　　次　2016年8月北京第1版
印　　次　2016年8月第1次印刷

书　　号　978-7-02-011533-4
定　　价　22.00元

如有印装质量问题,请与本社图书销售中心调换。电话:010-65233595

 第 1 章

  这个故事不是凭空想象出来的,它只是个传奇而已。那么,如果因为它有难以置信之处就此断定它纯属虚构,这可就错了。我们生活在一个什么都可能发生的时代——我们几乎有权利说这个时代已是无奇不有。如果我们的故事今天还丝毫不像确有其事,那么,明天,就不会有人对此持怀疑态度了。科学的力量必将导致对明天的思索,谁都不敢把这个未来称之为无稽之谈。况且,在注重实际、讲究实效的十九世纪晚期,已经没有人再去杜撰那种无稽之谈了,不管是在布列塔尼——凶残的矮妖活动的地区;还是在苏格兰——这块夜间为人干活的棕仙和守护地下宝藏的地精滋生的土地上;还是在挪威——象征空气、火、土等的精灵阿斯、爱尔菲的发祥地;或者中世纪高卢和日耳曼神话传说中的空气中的精灵希尔弗,北欧神话中的战争女神瓦尔基丽;甚至在喀尔巴阡山脉①环抱的特兰西瓦尼亚——那么自然地容易相信招魂的地方。然而,应当指出,特兰西瓦尼亚地区的人们还十分热衷于上古时代传下来的迷信活动。

  对这些欧洲的极地省份,杰兰多先生曾做过描述,埃里瑟·雷克吕斯②曾亲赴实地考察。两位学者都只字未提本小说引为背景的奇特史实。

---

① 欧洲中部山脉,是阿尔卑斯山系向东的延伸部分。
② 埃里瑟·雷克吕斯(1830—1905),法国地理学家。

他们对此有所了解吗?也许。可他们对此完全不愿去相信。这是挺遗憾的事情。因为,如果由他们来叙述,一个会用编年史作者十分精确的笔触,另一个则会带上充斥其游记作品的本能的诗意。

既然这件事两位都没有做,那就由我来尝试着代他们勉为其难吧。

就在那年5月29日,一个牧羊人在雷铁扎特山的山脚下郁郁葱葱的高原上放牧他的羊群。这座山高踞于一片肥沃的谷地之上,谷地里长满枝干挺拔的树木,茂盛的庄稼。高高耸起的高原开阔、毫无遮拦,每到冬季来自西北方向的疾风像剃须匠的刀子那样把它刮得光光的。那时,当地人会说它修了胡子——有时,竟修得如此干干净净。

这位牧羊人从衣着上看完全不像田园诗里描述的那样,而他的样子也不像个牧人。他不是达夫尼斯①,阿敏塔斯②,提提尔,利西达斯③或者梅里贝。他穿着粗木屐的脚边根本就没有低哞的怪兽,只有那条流经瓦拉几亚④的希尔河,清澈凉爽、富有田园诗意的河水有资格蜿蜒曲折地流淌在《阿斯特雷》这部小说里。

弗利克,维斯特村的弗利克——这个山野牧人便叫这个名字——,他身上邋里邋遢,就像他的牲畜,只宜栖身在潮湿的、肮脏不堪的、建造在村口的蛤蟆居里;而他的猪啊、羊啊混杂在一个令人厌恶的窝棚里——我们从老话里借用这个词,只有这个词适合于称呼旧时外省肮脏的羊舍。

羊群便在这位怪异的弗利克的率领下吃草。牧羊人躺在青草丰厚的隆起的小丘上,闭着一只眼睛睡觉,另一只眼睛睁着,监视着,嘴里叼着他的大烟斗。有时,有几只母羊在牧场上跑远了,他便用哨声召唤他

---

① 希腊神话中西西里的牧羊人,赫尔墨斯和一个水仙女的儿子,善吹笛子,牧歌的创造人。
② 阿敏塔斯(?—前369),即阿敏塔斯三世,马斯顿君主。
③ 利西达斯,弥尔顿《田园诗中一个牧羊人的名字》。
④ 瓦拉几亚,罗马尼亚南部地区名。

的狗,或者吹一下猎号,大山里便会传来一阵阵回声。

时间已是午后四点。太阳开始西沉。有几个山头,山脚已浸沉在氤氲飘动的雾霭中,东面的山顶却被照得通亮。靠西南方向,连绵的山峦间的两个缝隙透过一束斜照,就像从半开启的门缝里渗透进来的光束。

这种山岳形态学体系属于特兰西瓦尼亚最荒野的部分,被归入克洛森堡省或科洛斯瓦尔省的名下。

这个特兰西瓦尼亚,奥地利帝国十分奇特的部分,用匈牙利语说叫"埃尔德里",意思是"森林之乡"。它北面毗邻匈牙利,南面是瓦拉几亚,西面是摩尔多瓦。面积六万平方公里,相当于六百万公顷——差不多是法国的九分之一——就像是一个瑞士,但比瑞士的疆域大一半,人口却不比瑞士多。特兰西瓦尼亚有用于耕作的高原,水草丰美的牧场,线条多变的谷地,高耸的山峰,源于喀尔巴阡山脉深成岩的分支在它身上划出一道道条纹,大量的水流纵横交错,注入泰伊斯河和那条美丽的达努斯河,使之水量充沛,其往南几匈牙利里①的那几处铁门封闭了匈牙利和奥特曼帝国边境上的巴尔干山脉的通道。

这便是古代达斯人的国家,公元一世纪的时候被图拉真②所征服。在让·查波利亚③和他的继承人统治下享有独立,直至1699年。利奥波德一世④在位期间独立结束,它被并入奥地利版图。然而,不管它变成什么政体,它始终是各民族的共同聚居地,瓦拉几亚人或罗马尼亚人,匈牙利人,茨冈人,摩尔多瓦裔的塞克勒人,以及撒克逊人,为了特兰西瓦尼亚的统一最终地"匈牙利化"了,不过,他们虽然朝夕相处,却并不融合。

牧羊人弗利克该归入哪一类?他是古达斯人退化的后裔吗?从他

---

① 一匈牙利里约合 7500 米。
② 图拉真(约53—117),罗马皇帝。
③ 让·查波利亚,匈牙利国王(1526——1540在位)。
④ 利奥波德一世(1640—1705),神圣罗马帝国皇帝(1658—1705在位)。

乱蓬蓬的头发，脏兮兮的面容，拉碴碴的胡子，两条红鬃毛刷似的粗眉毛，一双介于绿色和蓝色之间的眼睛，很难确定他是哪类人。他湿润的内眦外围着老人圈，因此有理由可以认为他至少已有六十五岁。可他高个头，干瘦，穿着泛黄的、毛还没他的胸毛多的羊皮外套，身板挺直。而当他戴上其实是一把麦秸的草编帽，靠着他那根乌鸦喙状的棍子，像岩石般一动不动地伫立着的时候，没有哪个画家会不屑于他的身影。

就在阳光通过西面的隙口穿透进来的时候，弗利克转过身去；然后，他半握空心拳，就像放在嘴巴上做传声筒那样，他把手搭在眼睛上好看得远一些，他十分仔细地眺望着。

在整整一匈牙利里路之外，天尽头明亮的豁口，可见一座古城堡由于遥远而变得有些不清楚的侧影。这座古城堡耸立在伏尔坎山口一个孤立的小圆丘上，一个叫奥尔噶尔高地的顶部。在明亮的光线作用之下，它的轮廓显得很突出，仿佛立体图所显现的那样清晰。然而，还得有牧羊人的眼睛，天赋很好的视力，才能分辨这个遥远的块垒上的某个细节。

突然，他摇晃着脑袋大声叫起来：

"古堡啊！……古堡！……你虎踞龙盘也成枉然！……再过三年，你就不复存在，因为，你的山毛榉只剩下了三根枝杈！"

这棵山毛榉生长在古堡一座角堡的边缘，像一帧精美的剪纸作品呈黑色粘贴在天穹的背景上，而且，如此遥远，也只有弗利克才能勉强瞥见。至于牧羊人为什么这么说，则源于和古堡有关的一个传说，我们到时候再作解释。

"没错！"他重复道，"三根枝杈……昨天，它还有四根呢，昨晚上，第四根掉了……只剩下了残根……我在树上只看到了三根……只剩三根枝杈了，古堡啊……只剩三根了！"

每当我们从理想的角度提到一个牧羊人的时候,想象力很自然地会把他视作喜欢沉思冥想的人;他和天体对话,他与星辰交游,他解读天宇。实际上,他往往是一个无知和闭塞的粗人。然而,公众的轻信很容易便赋予他超自然的才能。他拥有魔法,他会随着自己的心情好坏,暗中改变人的命运,或者把厄运抛到人或牲畜的头上——在这种情况下,这是一回事,他出售好感粉,大家还找他购买春药和处方。他还不至于往田里丢施了魔法的石头,使之毫无出产,或者用左眼望着母羊,让它们不能生育吧?这些迷信的说法是历来各国都有的。即使是在最开化的乡村,人们在遇上牧羊人的时候,也无不向他说句友好的话,表示一下意味深长的问候,尊称牧羊人为他爱听的"牧师",摘一下帽子便能让自己躲过不吉利的影响,这在特兰西瓦尼亚的路上和在其他地方一样都是不会简省的。

弗利克被视作是个巫师,能呼唤鬼神显灵。据说,一般的吸血鬼和半狗半女人的吸血鬼都听从他的指令;而据有人说,月亮快沉没时,黑咕隆咚的夜晚,人们会遇见他,就像在其他地方,人们会看到裸体巨人,骑坐在磨坊闸门上和狼群说话或者遥望星星一样。

弗利克任由别人怎么说他,反正对他有利。他出售魔力和反魔力。应该指出的是,他本人也和他的顾客们一样地轻信。如果说他不相信自己的巫术,至少,他对流传当地的传说是信以为真的。

所以,他从山毛榉只剩下三根枝杈得出与古堡即将消失的这种预兆,以及急于把这个消息告诉维斯特村的村民们就不足为奇了。

弗利克一边大声呼叫,一边借助手里的白木长棍,聚集起他咩咩叫的羊群,走上回村的路。他那两条狗跟着他一起驱赶牲口——两条长卷毛半拉子杂交猎狗,凶恶残暴,那样子更适合把羊儿连皮带肉吃掉而不是放牧。他的羊群有一百来只公羊母羊,其中有十羊羔,其余的都是三

到四岁,也就是有四颗和六颗牙齿。

这群羊属维斯特村的仲裁者科尔兹村长所有。村长给乡里交付一大笔牧羊税。他很看好牧羊人弗利克,知道他是剪羊毛的高手,还熟知疾病治疗、鹅口疮、狼疮、阿佛丁、肝吸虫病、疥癣、羊痘、蹄叉病及其他与家畜有关的疾病。

羊群呈密集状行走,系铃铛的头羊走在前面,在它旁边的是那头老母羊,它们的铃铛在哞哞声中振响。

离开牧场后,弗利克走上一条宽阔的小路,小路两边伸展着大块大块的庄稼地。这边是长势良好的麦穗在高高的茎秆、长长的麦秸上波浪起伏;那边一些地里种着"库库鲁兹",也就是当地的玉米。这条路通往一座松树和冷杉木森林,树下凉爽阴暗。再下面,缓缓流淌着希尔河经河底的砾石过滤的清澈明亮的河水,水上漂着上游锯木厂锯开的木材。

狗和羊群停止在河右岸,搅得杂乱的芦苇左右摆动,它们紧靠着河岸贪婪地饮起水来。

维斯特村就在距此只有步枪三个射程的地方,一片浓密的柳树林的那一头。林子里的柳树品质优良,而不是顶部被修剪成盆状、离地面几尺便蓬蓬发开的矮树。这片柳树林一直延伸到伏尔坎山口,以这个名字命名的村子盘踞在帕莱萨高地南坡的一个凸出部位上。

这时的乡村阒无人迹。只有到夜幕降落时庄稼人才会返回他们的家,而弗利克一路走来也没人和他打惯常的那种招呼。他的羊群喝足了水以后,他便走上了谷地,走在褶皱之间。这时,有一个人出现在希尔河的转角,下游五十来步的地方。

"嗨,朋友!"那个人向弗利克喊道。

这是个奔波在全省各个集市上的流动商贩。我们在城市、乡镇、甚至最普通的小村落里都能遇上这种人。与人交流对他们而言毫无困难:

弗利克一边大声呼叫,一边借助手里的白木长棍,聚集起他哞哞叫的羊群,走上回村的路。

他们什么语言都能说。这一位是意大利人、撒克逊人,抑或瓦拉几亚人?谁都说不清楚。可他是犹太人——波兰犹太人,又高又瘦的个子,鹰钩鼻,尖尖的胡子,突出的前额,炯炯有神的眼睛。

这个商贩卖望远镜、温度计、晴雨表和小型时钟。没有放在大包里的便用结实的背带挎在肩上,吊在脖子上或者挂在腰带上,活像一个花样齐全的牌搭子,或者像一个活动货架。

这个犹太人很可能是出于尊敬,也许是因为关系生死的恐惧,向弗利克招手致意。然后,用拉丁语和斯拉夫语合成的这种罗马尼亚语,带着外乡口音说道:

"朋友,万事如意啊?"

"是的……看天气变化而变吧!"弗利克答道。

"这么说,您今天情况良好,因为天气晴朗啊。"

"明天就不好了,天要下雨。"

"天要下雨吗?……"小贩嚷道,"这么说,你们这里没有云也会下雨吗?"

"今天晚上云就要刮过来了……从那边……从大山的不吉利的一面。"

"您这是从哪儿看出来的?"

"从我的绵羊们的毛上,羊毛干燥粗涩,像一张鞣过的皮。"

"那奔波在路上的人可就受罪了。"

"待在自家门口的人就舒服了啊。"

"那还得有自己的房子啊,牧师。"

"您有孩子了吗?"弗利克问。

"没有。"

"您结婚了吗?"

"没有。"

弗利克提出这样的问题是因为这儿的人遇上别人的时候习惯于这样聊天。

接着,他又问道:

"货郎,您从哪儿来?……"

"赫尔曼斯达孜。"

赫尔曼斯达孜是特兰西瓦尼亚的主要城镇之一。从那儿出来就能进入匈牙利的希尔河,顺流而下可以一直到彼得罗萨尼镇。

"那您要去哪儿?……"

"去科洛斯瓦尔。"

去科洛斯瓦尔只消朝马洛斯河谷地方向上行,然后,经由卡尔斯堡,顺着比哈尔山的山脚走,就能到达这个省的省会了。这条路最多二十来匈牙利里①。

确实,这些贩卖温度计、晴雨表和旧钟表的行商,以多少有点霍夫曼②式的步履,总让人觉得与众不同。这是因为他们的职业造成的。他们出售各种形式下的天时、流逝的时间和现有或将有的天气,就像有的流动商贩销售篮子、针织品或棉制品一样。从他们打出的金沙漏招牌来看,好像他们是撒吐纳公司的推销员。也许,犹太人给予弗利克的印象就是这样的。弗利克不无惊讶地望着这一货架东西,这些东西对于他来说全是新的,他全然不知道它们的用途。

"嗨,货郎,"他伸长手臂问道,"这琳琳琅琅像风干的吊死鬼似的挂在你腰带上的东西是干什么用的?"

"这呀,这可都是有用的东西,"商贩回答道,"是一些谁都用得着的

---

① 约合150公里。
② 霍夫曼(1776—1822),德国作家和作曲家,鬼怪文学大师。

东西。"

"谁都用得着,"弗利克眨着眼睛嚷嚷道,"牧羊人也用得着吗?……"

"牧羊人也用得着啊。"

"那这个玩意儿?……"

"这个玩意儿,"犹太人把一个温度计在两只手上抛来抛去,回答道,"它能告诉你天气是热还是冷。"

"呵呵,朋友,穿着宽袖外套出汗或者裹着它发抖的时候,天气冷热我可是清楚得很。"

显然,知冷知热,这对一个羊倌就足够了,科学的道理在他无所谓。

"那么这个有一根针的大表呢?"他指着一个无液气压表又问道。

"这不是钟表,它是个仪器,能告诉你明天天晴还是下雨……"

"真的?……"

"真的。"

"哦!"弗利克否定说,"我压根儿用不着,哪怕只要一个克莱泽①。我只要看看挂在山里的或者在最高的山峰上飞驰的云就可以了。我还能知道二十四小时后是刮风还是下雨?喏,您瞧见那边仿佛从地里涌出来的薄雾了吗?……我跟您说了,那就是明天要落下来的雨水。"

确实,牧羊人弗利克,资深气象观测员,尽可不要气压表。

"我就不问您需不需要一个时钟了?"小贩又说道。

"时钟吗?……我有一个自己行走的时钟,它就在我的头上移动。它是天上的太阳。您瞧见了,朋友,当它到达罗迪克尖顶上的时候,时间是中午,而当它透过艾杰尔洞看过来的时候,时间便是六点钟。这些事,

---

① 日耳曼帝国货币名。

我的羊儿们和我一样,我的狗跟我的羊儿们一样清楚。您还是留着您的时钟吧。"

"行啊,"商贩答道,"如果说我除了牧羊人再没有别的顾客,那我就难以赚钱了!这么说,您什么都不需要了?……"

"一丁点儿都不需要。"

再者,所有这些廉价商品都是粗制滥造出来的,气压表和气压的变化不相一致,钟的时针走得太慢,分针的走得太快——总之,全是伪劣产品。牧羊人也许想到了这一点,他没有意思让自己成为买家。可是,就在他要拿起木棍走人的时候,他摇了摇挂在小贩背带上的一个管子样的东西,问道:

"您那个管子是干什么用的?"

"这不是个管子。"

"那就是个喇叭筒?"

牧羊人说这话的意思是指一种老式喇叭口枪支。

"不,"犹太人说,"这是个望远镜。"

这是个普通的玻璃片,能把物体放大五到六倍,或者把事物拉近同样的倍数,产生一样的结果。

弗利克把那个仪器摘下来,观察它,摆弄它,从一头到另一头转来转去,他把一个筒插进另一个筒。

接着,他摇晃着脑袋说:

"一个镜子?"

"是的,牧师,一个了不起的镜子,它能让您看得很远很远。"

"哦,我的眼睛很好,朋友。阳光明朗的时候,我能看到雷铁扎特山,从山下的石头看到山顶,看到伏尔坎峡道深处最后的那些树。"

"不用眯着眼睛?……"

"不用眯着眼睛。我露天睡,从晚上睡到早上的时候,有露水我才这么做。露水能把您的眼睛洗得干干净净。"

"什么……露水?"小贩答道,"不如说露水让您睁不开眼睛……"

"牧羊人不一样。"

"好吧!可是如果说您有一双好眼睛,我把我的眼睛凑在镜子上的时候,它们会比您的更好。"

"那倒要看看了。"

"把您的眼睛凑上去试试……"

"我?……"

"试试吧。"

"不会要我给钱吧?"弗利克问道,他生性多疑。

"分文不取……除非您决定把这玩意儿买下来。"

弗利克完全放下心来,他接过小贩调节好的望远镜,然后,闭上左眼,把右眼贴在目镜上。

开始的时候,他朝伏尔坎山口方向望去,慢慢向帕莱萨高地延伸。然后,他把望远镜朝下,对准维斯特村。

"呵呵,呵呵!"他说道,"看来千真万确……这比我的眼睛看得更远……这是大马路……我认出了人……瞧,护林人尼克·戴科,他巡视回来了,背上背着军用背囊,肩上扛着枪……"

"我对您说的没错!"小贩提醒他道。

"是的……是的……正是尼克!"牧羊人又说道,"对面从科尔兹老爷家出来的女孩,穿着红裙子,黑色短上衣的女孩是谁?她好像朝他迎上去了?……"

"您瞧,牧师,您像看清楚小伙子一样能认出那个姑娘……"

"呵呵,没错!……那是米里奥塔……美丽的米里奥塔!……啊!

一对恋人……一对恋人！……这一回,他们可得自我克制些了,因为,我呀,我把他们抓在我的管子前面了,我不会放过一个他们的亲昵动作的!"

"您觉得我这个玩意儿怎么样?"

"呵呵,呵呵!……它让人看到了远处!"

就连弗利克在这之前都从来没用望远镜看过什么东西,可见维斯特村该被列入克洛森堡省最落后的村子的行列了。事实也真如此,我们很快就会明白这一点的。

"行了,牧师,"商贩又说道,"再接着看……往维斯特村更远的地方看……这个村子离我们太近了……往村子那头看,我跟您说,那头的那头!……"

"您这不会找我要更多的钱吧?……"

"不会的。"

"好的!……我往匈牙利的希尔河搜索一下!……是的……那是里瓦采尔……我从它断了一只手臂的十字架上认出来了……然后,再往远处看,在谷地里,柏树丛中,我隐隐看见了彼得罗萨尼的钟楼,它的白铁皮公鸡,长着嘴巴,好像要召唤它的小母鸡们呢!……而那边,尖尖矗立在树丛中的那座塔楼……它该是佩特里亚的塔楼……啊,我想起来了,货郎,再等等,既然始终都是这个价格……"

"价格不变,牧师。"

弗利克把身子转向奥尔噶尔高地。然后,他让望远镜镜头沿着帕莱萨斜坡上黑黝黝的森林屏幕望去,框住了远处的古堡侧影。

"没错!"他嚷道,"第四根枝杈掉地上了……我早就看到了……不会有人去把它捡来做圣约翰节的漂亮火把……不,谁都不会的……就连我都不会!……那是拿肉体和灵魂去冒险……可您也不用为此发

愁！……今天晚上就会有人做到把它塞进他地狱的炉子里的……这个人就是肖特！"

当地人称呼魔鬼为"肖特"。

犹太人正要开口请求就这些难以理解的话作一解释，因为他不是维斯特村或附近地区的人，这时，弗利克却大声嚷起来，声音里有恐惧有惊讶：

"那是什么呀，从城堡主塔楼飘出来的雾？……那是雾吗？……不对！……好像是股烟……这不可能！……这都有多少年了，古堡的烟囱从没有冒过烟！"

"如果说您看到那边有股烟，那就是有股烟。"

"不……货郎，不！……一定是您的镜子模糊了。"

"您把它擦擦。"

"等我把它擦干净了……"

弗利克把他的望远镜转过来，用袖子擦了擦上面的镜子，然后重新把它放在眼睛上。

展现在古堡主塔楼尖顶上的正是一股炊烟。它在平静的空气中笔直升起，它的顶部散开，和高处的蒸气混合在一起。

弗利克一动不动，他不再说话。他全部的注意力都集中在古堡上，这时，往上爬升的阴影已经开始到达奥尔噶尔高地一线。

突然，他放下望远镜，然后，把手伸进挂在他外套里面的褡裢。

"您这镜子要多少钱？"他问道。

"一个半弗罗林[①]"小贩答道。

其实，只要弗利克显出想要还价的样子，他就准备把望远镜的价格

---

① 古代佛罗伦萨使用的货币，后各国仿造。这里，1弗罗林合3.60旧法郎。

"那是什么呀,从城堡主塔楼飘出来的雾?……那是雾吗?……不对!……好像是股烟……这不可能!……这都有多少年了,古堡的烟囱从没有冒过烟!"

降到一个弗罗林。可是,牧羊人没有丝毫犹豫。很明显,在一种突如其来的、无法解释的惊愕中,他把手伸进褡裢底部,掏出钱来。

"您是为自己买下这架望远镜的吗?"

"不……这是为我的东家科尔兹的仲裁者买的。"

"这么说,他会付给您钱吗?"

"会……我给他开两个弗罗林的价格……"

"什么……两个弗罗林?……"

"呵呵!也许吧!……到此为止了,朋友,再见。"

"再见,牧师。"

说着,弗利克用口哨招呼他的狗,催促羊群快步登上去维斯特村方向的路。

犹太人望着他离去,摇摇头,仿佛和他打交道的是个疯子:

"早知道这样,"他低声咕噜道,"我该把我的望远镜卖得更贵一些才是!"

接着,他整了整挂在腰带上和背在肩上的货架,取道卡尔斯堡方向走下希尔河河岸。

他要去哪儿?这不重要。在这个故事里,他只是个过客,我们再也不会遇到他了。

第 2 章

不管是在最后那几次地壳变化后的地质时期里,由大自然堆垒起来的乱石,或是由人力完成的、经受了风吹雨打的建筑物,它们的外观,从相隔几个匈牙利里之遥的地方看去,几乎没什么差别……天然状态的石头和经过加工的石头很容易被混淆。远远看去,一样的颜色,一样的轮廓,远景中一样的线条偏向,历经几百年慢条斯理的侵蚀造成的色调的一致。

古堡——换一种说法喀拉巴阡城堡的情况就是这样的。它高踞在伏尔坎山口左侧的那个奥尔噶尔高地上,要辨认出它模糊不清的形状几近不可能。它矗立在山峦背景中的现象并不明显。诱使我们当成主塔楼的也许就是一个灰蒙蒙的石头小山峰。看上去以为是碉堡间护墙上的雉堞,那里其实可能就是起伏的山脊。这个整体都是隐约的、漂浮的、不确定的。因此,按各观光客的说法,喀拉巴阡古堡并不存在,它只是该省老百姓的臆想之物。

当然,求取肯定结论的最简单的办法是悬赏,带上伏尔坎或者维斯特的向导,爬上山上的小道,攀登小圆丘,去所有这些建筑物看一下。只是,找个向导比找到通往古堡的路都难。在两条希尔河①之间的这个地

---

① 指瓦拉几亚的希尔河和匈牙利的希尔河。

方,不管你给多高的报酬,谁也不会答应带旅行者去喀尔巴阡城堡。

不管怎么说吧,现在可以在一架望远镜的视野里看清楚这座古代的寓所了,而现在的望远镜比牧羊人弗利克为他的东家科尔兹买下的伪劣产品看得更远更清楚。

在伏尔坎山口后面八九百尺①的地方,有一堵砂岩色的围墙,紧贴围墙长着杂乱无章的从石头缝里钻出来的植物,围墙随着高地的起伏而起伏,围成圆形,周长约一公里。在它的两头有两个角堡,其中右边的那个,上面长出那棵神奇的山毛榉的那个,还有一个窄小的尖顶瞭望台,或者叫岗亭。左边,有几面扶垛支撑墙,墙上开着采光洞,这几面墙托起了一个小教堂的钟楼,破裂的钟在强烈的阵风中摇晃起来使周围的老百姓很不安。最后,在中间,有一个笨重的主塔楼,一个筑有雉堞的平台环绕塔楼顶部,楼体上有三行网铅的窗子,其中第二层有一个环形的阳台围绕着。塔楼顶部的平台上有一根金属杆,装饰着领主的卷轴,就像被铁锈焊接的风信旗,被西北风的最后一击固定在东南方向。

至于封闭在多处断裂的城堡围墙里面的事物,譬如里面有没有可以居住的楼房,有没有吊桥和大门能让人进入堡内,多年来大家对此一无所知。实际上喀尔巴阡城堡内比它的外表维护得更好,传染性的恐惧加上迷信观念给予它的保护不亚于它从前的蛇炮②、活络网、射石炮和好几百年的其他各种发射器械所能够做到的。

然而,喀拉巴阡古堡还是值得观光客和古代史学家们一看的。它在奥尔噶尔高地顶点的环境美不胜收。从主塔楼最上面的平台放目望去,可以一直看到山岳的前沿,任意分叉的巍巍群山便在后面连绵起伏,标志着瓦拉几亚的边界。往前一条凹陷的蜿蜒曲折的伏尔坎峡道,这是接

---

① 指法尺(法国古长度单位,325毫米)或英尺(305毫米)。
② 旧时的一种大口径炮。

壤的省份间唯一一条可通行的道路。在两条希尔河的谷地那一头,突现里瓦采尔镇、劳尼埃镇、彼得罗萨尼镇和贝特利亚镇,聚集在各个井口,这些井用于开采蕴藏丰富的煤层。最远处重峦叠嶂美得令人叹为观止,山脚下树木葱茏,山腰上碧波翻腾,山顶上干燥,凌驾其上的雷铁扎特山和帕林格山①奇峰突起。最后,比哈采格河和马洛斯河谷地更远的地方,朦朦胧胧可见中部特兰西瓦尼亚云遮雾罩的阿尔卑斯山脉。

在这个漏斗的底部,从前,下陷的地面曾形成一个湖泊,蓄积了两条希尔河的水,后来河水找到了穿过山脉的通道。现在,这个下陷部分只是个既有不便、又有益处的煤矿。高高的砖砌烟囱混杂在柳树、柏树和山毛榉的枝杈中间;浓浓的黑烟破坏了以前洋溢着果树和鲜花的芳香空气。然而,就在这段历史的进行时期,尽管工业把这个矿产丰富的县城掌握在它的铁腕之下,它却丝毫没有失去得益于大自然的野性。

喀拉巴阡古堡始建于十二或十三世纪。那个时代,在头领或督军的统治下,隐修院、教堂、宫殿、城堡像乡镇或村庄一样注意加强防卫。领主和农民互相保证共同对付各种外来之敌。这一事态便说明为什么古时候的城堡护墙、碉堡和主塔楼使之带有封建建筑随时准备抵御入侵的外表了。是哪位建筑师,在这片高地,这样的高度建造了它?我们不知道,而这位建筑师也不为人知,除非他是罗马尼亚人马诺里,在阿尔吉斯的库尔提建起著名的黑人鲁道尔夫的城堡,在瓦拉几亚传说中被大加赞扬的马诺里。

这座古堡的建筑师是谁存有疑问,可拥有这座城堡的家族我们却一清二楚。戈尔茨男爵世家从上古时代起就是这地方的领主。他们被卷入使特兰西瓦尼亚各省浸泡在血泊中的所有战争。他们曾对抗匈牙利

---

① 雷铁扎特山海拔高达2496米,帕林格山高2414米。

人、撒克逊人、塞克勒人。他们的名字出现在使这些悲惨时期永世不忘的所有的"坎提斯"①和"道伊纳"②里。他们的箴言是那句著名的瓦拉几亚谚语:奉献至死!他们也做出了奉献,他们为独立事业流血牺牲,流的是来自他们祖先罗马尼亚人的鲜血。

这是我们知道的,如此的尽心尽力,如此的忠诚,做出过那么多的牺牲,结果这个骁勇的世系家族的后裔却落得个最最不当的镇压。它没有了政治上的存在。三方铁蹄把它踩灭了。可是,这些特兰西瓦尼亚的瓦拉几亚人没有丧失摆脱桎梏的希望。未来是属于他们的,他们正是怀着这种不可动摇的信念,重复着这些凝聚着他们的渴望的字眼:罗马尼亚人不会倒下!

十九世纪中叶戈尔茨领主们最后的代表是鲁道尔夫男爵。他出生于喀拉巴阡城堡,青少年时代看到了家族的饰微。二十二岁时,他在世界上已是孑然一身。他所有的亲人全都像那棵被民间的迷信说法与古堡本身的寿命紧密相联的数百年树龄的山毛榉的枝杈,逐年倒下了。没有了亲人,甚至可以说连朋友也没有,鲁道尔夫男爵拿什么来打发死亡在他周围造成的单调和孤独的空闲时光呢?他的兴趣、本能、天分是什么?大家对此知之甚少,除了知道他对音乐有一种不可抗拒的偏好,尤其爱听那个时期的著名艺术家歌唱。从那时起,他把已经破败不堪的城堡丢给几个老仆人照看。有一天,他突然消失了。那也是大家后来了解到的。他把他的财富,相当巨大的财富用于周游欧洲主要的歌剧中心了。德国、法国、意大利的歌剧院,在那些地方他对音乐的幻想和渴求才能得到满足。不说他有怪癖,但他生活的异样让人以为他是个怪人。

然而,对故乡的思念仍然深深地刻在年轻的鲁道尔夫男爵的心里。

---

①② 指史册、史书。

在他远游异国他乡的途中,他没有忘记故土特兰西瓦尼亚。他后来曾参加罗马尼亚农民反对匈牙利压迫的一次血腥的起义。

达斯人的后裔败了,他们的领土被胜利者瓜分了。

在这次失败之后,鲁道尔夫男爵最终地离开了喀拉巴阡古堡。这时,古堡有几个部分已经完全成了废墟。没多久,死亡把城堡最后的几个仆人也夺走了,城堡被彻底地抛弃了。至于戈尔茨男爵,传说他带着拳拳的赤子之心会合了有名望的洛萨·桑道尔。这个人以前是个拦路抢劫的大盗,独立战争把他变成了悲剧性的英雄。至于鲁道尔夫·德·戈尔茨男爵,幸好斗争结束后,他和会连累人的"圣徒"集团已经分手。他做得很明智,因为,以前的强盗重又成了土匪头子,最终落入警局之手,警局把他关进了萨默斯-乌瓦尔监狱。

然而,有一种说法在该省的老百姓中得到了普遍的认同。这种说法便是,在洛萨·桑道尔和边境海关人员的一次遭遇战中,鲁道尔夫男爵被打死了。尽管从那时候起,戈尔茨男爵一直都没出现在古堡,谁都不怀疑他的死亡,他却压根就没事儿,任从轻信的人们去传言。

被遗弃的城堡、鬼怪出没的城堡、异象频现的城堡。活跃而热忱的想象力很快便让它幽灵滋生,鬼魂显现,精灵一到晚上就回来。就像欧洲某些迷信盛行的地区发生的情形一样,而特兰西瓦尼亚堪称其中的佼佼者。

再说,维斯特村怎么可能与超自然的信仰分开呢?指导善男信女们的宗教信仰的神甫和负责孩子们教育的教师,由于自己对这些神话传说就十分相信,教学中也便有啥说啥了。他们"以实证为依据",信誓旦旦地说,狼人们在田野上奔跑,因为发出的叫声而被称作斯特里奇①的吸血

---

① 传说中半狗半女人的吸血鬼。

鬼,以痛饮人血解渴,"斯达飞"们在废墟上游弋,如果我们忘了每天晚上给他们送去吃的喝的,他们就会作恶害人。星期二和星期五是一星期里最糟糕的两天,得小心遇上巫婆、"巴伯"。你们闯到我省那些森林的深处,那些中了邪魔的森林去试试,那里藏着"巴洛里",那种巨大的恶龙,张大嘴巴能一直触及云层,还有"兹美",张开翅膀能遮天蔽日,它们劫持皇家血统的女孩,甚至属于最低级谱系的姑娘,只要长得漂亮,它们照样劫持!仿佛就有这么多可怕的妖怪,而民众想象里有什么能对抗这些妖魔鬼怪的善良精灵呢?只有"serpi de casa"家蛇,它们亲切地生活在炉膛深处,农民用他们最好的奶喂养它们,换取有益的影响。

但是,如果古堡真被整治成了罗马尼亚神话传说中的鬼怪们的藏身之地,那它还成其为喀尔巴阡城堡吗?在这除了伏尔坎山口左侧,再无路可通的孤立的高地上,它庇护着恶龙、巫婆、斯特里奇,也许还有戈尔茨家族的家魂,这一点只怕是毋庸置疑的了,据说还证据确凿。从而导致它恶名远扬。至于冒险去那里看看,谁都不敢有这个念头。古堡向四周围散布传染性的恐惧,就像污秽不堪的沼泽散布出恶臭的疫气一样。只要跑到离它四分之一匈牙利里的地方,就有可能丧失现世的生命和彼世的赎救。这一切在海尔莫德老师的学校里讲解得头头是道。

然而,一旦戈尔茨男爵家族的古堡连一块石头都不复存在,这种事态也就该结束了。

也就是在这时候传说出现了。

据维斯特最有名望的权威人士说来,古堡的寿命和围墙右侧角堡上那棵长着奇形怪状的枝叶的老山毛榉的存在息息相关。

自从鲁道尔夫·德·戈尔茨走了之后——村子里的老百姓,尤其是牧羊人弗利克,一直在观察它,这棵山毛榉的主要枝杈每年要丧失一根。人们最后一次看到鲁道尔夫男爵出现在主塔楼平台上的时候数过树杈

只要跑到离它四分之一匈牙利里的地方,就有可能丧失现世的生命和彼世的赎救。这一切在海尔莫德老师的学校里讲解得头头是道。

上有十八根,而现在树上只剩下了三根。而每掉一根枝杈,城堡的寿命便少一年。最后一根掉落将导致它彻底的毁灭。到那时,在奥尔噶尔高地就找不到喀拉巴阡古堡的遗迹了。

实际上,那也只是在罗马尼亚人的想象中一厢情愿的传说。最初,这棵老山毛榉也是一年断去它一根枝杈的吗?尽管让羊群在希尔河牧场吃草的时候都不放过观望着古堡的弗利克,毫不犹豫地予以肯定,最初的情形还是丝毫没得到证实。然而,尽管弗利克这个人靠不住,但从最底层的农夫到维斯特的最高行政官,也没有一个人怀疑古堡只能存活三年了,因为"那棵守护它的山毛榉"只剩下三根枝杈了。

因此,牧羊人开始走上返回村里的路,他要把这条重大消息带回去。这时,望远镜里又出现了一个情况。

重大消息,确实是十分重大的消息啊!一股黑烟升起在主塔楼顶上……弗利克用肉眼不可能看到的东西,借助货郎的器械看得清清楚楚……那绝不是蒸气,而是黑烟,升起后很快混合在云中……可是,城堡是被抛弃了的呀……很久以来,没有人走进它也许是因为关闭着的堡门,没有人走过它肯定是因为拉起的吊桥。倘使它里面有人居住,那只能是一些超自然的精灵……可是,在主塔楼的某个房间里生火的会是哪路精灵呢?……这是卧室里生的火,还是厨房里的火?……这确实令人百思不解。

弗利克急着要把牲口赶往羊圈。听到他的声音,两条狗也赶着羊群登上爬升的坡道,一路尘埃带着傍晚的潮气落下。

从庄稼地晚归的几个农民经过时向弗利克打招呼,他几乎没向他们还礼。这实实在在地令人感到忐忑不安,因为,你要想躲开巫术,向牧羊人问过好是不够的,还得有他的答礼。可是,弗利克目光迷茫,神态异样,举止杂乱,显得心不在焉。就算狼群和黑熊们夺走了他一半绵羊,他也不会比这更沮丧。他得有多么糟糕的心情才会这样啊？

第一个得知消息的是仲裁人科尔兹。弗利克大老远看到他就大声呼喊：

"东家，古堡起火了！"

"你这是在说什么呀，弗利克？"

"我实话实说。"

"你疯了吧？"

确实，这一大堆古老的石头怎么可能发生火灾呢？那就像说喀尔巴阡山脉最高的内戈伊峰被火焰吞没了一样，没有比这更荒唐的事了。

"你肯定，弗利克，你能肯定古堡烧着了？"……科尔兹老爷又问了一次。

"它要不是烧着了，就是在冒烟。"

"那是一股什么蒸气吧……"

"不，是一股黑烟……您来看。"

说着，两个人都朝村里那条大马路中央走去，来到高踞于山口豁谷上的一个平台，从那里，隐约可见城堡的轮廓。

一到了那里，弗利克便把望远镜递给科尔兹老爷。

显然，科尔兹老爷也并不比他的羊倌更清楚怎么使用这种器械。

"这是什么？"他问。

"我帮您花两个弗罗林买下的东西，我的老爷，它可完全值四个弗罗林呢！"

"找谁买的？"

"找一个货郎。"

"要它干什么用？"

"您把它放眼睛上调整一下，对准对面的城堡，您瞧，您就能看见了。"

说着,两个人都朝村里那条大马路中央走去,来到高踞于山口豀谷上的一个平台,从那里,隐约可见城堡的轮廓。

仲裁人朝城堡方向转过去,细细地观望。

是的！是有一股黑烟从主塔楼的一支烟囱冒出来。此时,它被微风吹向一边,趴伏在山腰上。

"一股黑烟!"惊呆了的科尔兹老爷重复道。

这时,米里奥塔和护林人尼克·戴科已经回家有一阵子了,他们来到了仲裁人和弗利克的身边。

"这是用来干什么的?"小伙子拿起望远镜问道。

"用来看远处的。"牧羊人答道。

"您开玩笑吧,弗利克?"

"我极少开玩笑,护林人,就在一个小时前,我就清楚地看到您从维斯特村的马路上下来,您,还有……"

他没把话说完。米里奥塔垂下她美丽的明眸脸红了。然而,实际上没人禁止正派的女孩出来迎接她的未婚夫。

他和她先后举起那了不起的管子望向古堡。

这时候,又有六七个邻居来到平台,打听出了什么事情,他们也轮流使用了那个管子。

"一股黑烟！古堡上有一股黑烟！……"一个说。

"也许是雷电击中了主塔楼吧？……"另一个提醒道。

"打过雷吗？……"科尔兹老爷转向弗利克问道。

"一个星期来没听到一声雷响。"牧羊人答道。

这些老实巴交的人们,就算对他们说雷铁扎特山顶上刚张开了一个大口子,给地底下的蒸气开了个喷吐出来的通道,也不会使他们如此惊愕！

"一股黑烟!古堡上有一股黑烟!……"一个说。

"也许是雷电击中了主塔楼吧?……"另一个提醒道。

 第 3 章

维斯特村是那么地卑微,以至大多数地图上都没标出它的地理位置。在行政级别上,它甚至排在它的邻村,以帕莱萨高地的一部分命名的伏尔坎村的后面。这两个村全都坐落在这个高地上,全都风景如画。

现下,开发矿藏丰富的盆地使相距几个匈牙利里的彼得罗萨尼镇、里瓦采尔镇和其他乡镇贸易活动红红火火。邻近大工业中心的伏尔坎村和维斯特村却没沾到一点光。这两个村子五十年前是这个样子,现在还是这个样子,半个世纪后恐怕依然是这个样子。而按照埃里瑟·雷克吕斯的说法,伏尔坎村的人口中有整整一半由"负责守护边境的雇用人员、海关人员、警察、税务机关办事员和检疫所护士"组成。去掉警察和税务机关办事员,加上稍大比例的耕作者,您就能得到维斯特的人口数了,约四五百居民。

这个村子就是一条马路,一条宽阔的马路,马路陡峭的斜坡使上坡下坡都相当艰难。它用作瓦拉几亚边境和特兰西瓦尼亚边境间的自然通道。牛群、羊群、猪群,卖鲜肉、水果和谷物的商人,罕见的、不剩科洛斯瓦尔的火车和马洛斯谷地的火车、甘愿冒险走峡道的旅行者都从这条路上走。

无疑,大自然慷慨地赐予这个介于彼哈尔山、雷铁扎特山和帕林格山之间的盆地以丰富的资源。它因为土地肥沃而富饶,也因为地下蕴藏

的全部财富——在托尔达的岩盐矿,年产量达二万多吨;帕拉吉峰,距它的穹丘方圆七公里全部是氯化钠;陀罗茨柯矿场出产铅、方铅矿水银,尤其是铁,它的矿脉开采起始于十世纪;韦达胡尼亚有矿场,出产能够炼出高质量钢材的矿石;在哈采格县、里瓦采尔镇、彼得罗萨尼镇,即在这些湖泊谷地第一层的煤矿十分容易开采,这个庞大的口袋估计蕴藏量达两亿五千万吨;最后,在奥芬巴尼亚镇,托潘法尔瓦有金矿,这个淘金工人的地区,上万个简陋的工具风车淘洗着"特兰西瓦尼亚的财源"威莱斯-帕塔科的金沙,每年有二百万法郎的这种贵金属从这里运出去。

这该说是一个颇得大自然恩宠的县了,然而,这笔财富却很少让它的民众生活得益。那些最重要的中心,陀罗茨柯、彼得罗萨尼、劳尼埃,拥有某些和现代工业的起居设备相应的设施,这些镇有依据清楚整齐的统一规则的正规建筑,厂棚、商店、真正的工人村,它们还配备一定数量带阳台和玻璃走廊的居所。这些东西在伏尔坎村和维斯特村是绝对见不到的。

好算歹算六十来栋不合规矩的房子趴在唯一的一条马路上,奇形怪状的屋顶,屋脊突出在土坯墙外,屋面朝向园子,开个老虎窗屋顶隔出一层,破败的谷仓算是附属建筑,一个七高八低的牲口棚,上面覆盖着蒿草,这里那里挖一口水井,上面立一个支架,支架上挂一个水桶,两三个下暴雨时会"跑水"的池塘,几条由扭来扭去的车辙标出水道的小溪,维斯特村就是这副样子,坐落在山口斜坡间的马路两侧。然而,这一切却清新诱人;门口和窗户上有鲜花,墙上覆盖着绿帘,散乱的青草夹杂在旧金色的屋茅之间,杨树、榆树、山毛榉、冷杉树、槭树爬在房屋上面,"能爬多高就爬多高",在那边,山脉中间层次彰显,而最远处,因为遥远而呈蓝色的山峰顶巅融化在蔚蓝色的穹庐中。

维斯特人讲的既不是德语,也不是匈牙利语,在特兰西瓦尼亚的这一部分也都不是。他们讲的是罗马尼亚语——甚至在这个省的各个村落，有些定居而不是临时扎营的吉卜赛人家庭里。这些外来人就像接受当地的宗教一样接受语言。维斯特的吉卜赛人形成一个小氏族似的群体，在一个酋长的管理下，带着他们的一大群孩子，生活在他们的小棚子——他们尖顶的"巴拉卡斯"里；他们的风俗和生活习性和他们流浪在欧洲各地的同族迥然不同；他们甚至遵循希腊的宗教仪式，适应他们定居地基督徒们的宗教。实际上，维斯特作为宗教领袖有一个东正教神甫，他住在伏尔坎，兼管这两个仅仅相隔半匈牙利里的村子。

文明就像是空气或水。只要给它打开一个通道，不管在哪儿，哪怕只是一条缝隙，它都能钻进去，并且改变这个地方的情况。然而，不得不承认的是，还没有一条缝隙穿透喀尔巴阡山脉的这个南部地区。致使埃里瑟·雷克吕斯说伏尔坎"是在瓦拉几亚的希尔河谷地上的最后一个文明驿站"。所以说维斯特是科洛斯瓦尔省最落后的村子之一绝不会令我们惊讶。在这些人们出生、成长、死亡，从来没有离开过的地方，它能变成什么样子！

可是，会不会有人提出，在维斯特还有一位老师和一个仲裁人呢？是的，就算是吧。然而，海尔莫德老师只能教授他所知道的东西，也就是说，一点儿阅读，一点儿书写，一点儿算数。他个人受到的教育没有超出过这些东西。作为自然科学、历史、地理、文学，他只知道民间传唱的歌曲和附近地区的传说。在这方面，他记忆里的东西却是罕见的丰富。在幻想和虚构方面，他能力极强，而村里有几个学生也从中得益匪浅。

至于仲裁人，我们最好还是暂且接受这个给予维斯特的第一行政长官的称号吧。

村长，科尔兹老爷是个五十五至六十岁的矮个子老人。他祖籍罗马尼亚，短短的花白头发，目光里和蔼的成分更多于炯炯的神气。他像山

里人一样身板结实,头戴一顶宽大的毡帽,腰上束一条人像装饰扣高级腰带,上身穿一件无袖短外套,下身穿一条半蓬松短裤,裤脚塞在高筒皮靴里。他与其说是仲裁人,不如说是村长。虽然职司要求他调解邻人和邻人之间的种种纠纷,他首先忙乎的是专断独行地处理村里的行政事务,这对他的钱袋不是没有什么进益的。确实,不管是哪桩交易,买进或卖出,全都得征收于他有利的税费,还不说外国人、观光客或商贾急急塞进他口袋的过境费。

  这个有利可图的处境使科尔兹老爷的经济状况相当富裕。如果说省里的大多数农民都在遭受高利贷的盘剥,并造就出一些犹太债主,土地真正的主人,村长却成功地躲过了他们的饕餮。他的财产,不受抵押约束,按当地人的说法叫"尚未定位",丝毫不欠别人的。他尽可贷出而不是借入,他要是贷出也绝不会敲穷苦人的竹杠。他拥有好几个牧场,他的牲口群有肥美的水草,有管理得相当合理的庄稼地,尽管他把新方法拒之门外。他还有令他得意的葡萄园,他漫步在挂满一串串葡萄的枝蔓间,当葡萄收获时,除了留下相当一部分为个人享用之外,卖掉的收益也颇为可观。

  毋庸赘言,科尔兹老爷家的房子是村子里最漂亮的。它位于爬升的长街穿过的平台角上。那可是一栋石头砌成的房子啊,它的正面朝向花园,门开在第三和第四扇窗子之间,青翠的草木花彩用它们繁茂的细枝勾出檐边,两棵高大的山毛榉枝杈在它开花的房顶上分出许多细权。房后,一个漂亮的菜园,成棋盘格整整齐齐种着蔬菜,还有一行行果树排满了山口的坡地。在房子里面,一个个漂亮的房间窗明几净,有的用于吃饭,有的用于睡觉,里面放置着色彩鲜艳的家具,餐桌、床铺、板凳和矮凳,餐具架上闪烁着坛坛罐罐和菜碟,天花板暴露的横梁上悬挂着缠有饰带的花钵和五颜六色的织物,笨重的箱子上覆盖着套子和缝制的被子,那是被柜和衣柜。然后,在白粉墙上,明亮的灯光照耀下,挂着罗马尼亚爱国者的人像,其中有十五世纪的人民英雄,维达-胡尼亚德督军。

这便是一栋温馨的住房,它让单独一个人住太大。好在科尔兹老爷不是一个人。当了十二年鳏夫的他有一个女儿——美丽的米里奥塔。从维斯特村到伏尔坎村,甚至更远地方的人们都对她赞不绝口。她还有一些奇怪的异教名字:弗洛里卡、达伊娜、道利西亚,这些名字在瓦拉几亚的家庭里非常流行。不！她就叫米里奥塔,"小母羊"的意思。可这个小母羊,她长大了。她现在成了个曼妙的二十岁的大姑娘,金色的头发,棕色的眼睛,目光非常非常温柔,五官清秀,身材悦目。确实,当她穿着领子、袖口、肩头绣着红线的衬衣,用银扣环腰带紧束的短裙,腰上系着红蓝条纹的双层围裙,脚下蹬着黄色的小皮靴,头上随意系一条手绢,长发飘飘,辫梢上饰着飘带或小金属片时,没有谁能比她更迷人。

是的,一个美丽的姑娘,米里奥塔·科尔兹。而且——无伤大雅——对这个隐没在喀尔巴阡山脉深处的小村庄而言,还是一个富有的姑娘。她是个能持家的好主妇？……也许是,既然她能睿智地主持她父亲的家。她有知识？……老天爷！在海尔莫德老师的学校里,她学了阅读、书写、算数。她能正确地算数、书写、阅读,可她没有更向前发展。原因自然很清楚。相反,关系到特兰西瓦尼亚的奇闻和传说却没人比她更清楚了。她和她的老师知道得一样多。她知道里尼-柯的传说;知道圣母岩,一个多少有点虚构的年轻公主在那里逃脱了鞑靼人的追逐;她知道在"国王的坡路"谷地有毒龙洞的传说,"巫婆时代"建造的德瓦要塞的传说;德图纳塔"雷劈"的传说——这座著名的玄武岩高山形状像个巨大的石头提琴,暴风雨之夜魔鬼便在用它演奏;她还知道被一个巫婆剃光了山顶的雷铁扎特山的传说;圣徒拉迪斯拉斯一剑劈成的托尔达峡道的传说。我们承认米里奥塔对所有这些虚构的故事深信不疑,但这并不妨碍

她仍然是一个迷人的可爱姑娘。

不少当地的小伙子不太记得她是村长、维斯特的最高行政长官科尔兹老爷唯一的继承人,只觉得她是自己心仪的女人。其实,追求她也没有用,她不已经是尼科拉·戴科的未婚妻了吗?

这位尼科拉或不如说尼克·戴科是罗马尼亚典型的美男子。他二十五岁,高高的个头,体格健硕。他一头黑发,骄傲地高昂着头,上面压一顶白色的帽子,坦率的目光,潇洒的姿态,穿一件缝线绣花的羔羊皮外套。他两条细长的梅花鹿似的腿稳稳地站立着,举手投足间透出果断的神情。他的身份是护林人,也就是说一半军人一半老百姓。由于他在维斯特附近拥有几块庄稼地,他颇得未婚妻父亲的青睐,还由于他是个可爱的小伙子,性格高傲,容不得别人与他争抢,甚至多看一眼米里奥塔。再者,也没有人想这么做。

尼克·戴科和米里奥塔·科尔兹的婚礼将在下个月中旬举行,时间还有两个星期。值此机会,全村将欢庆一番。科尔兹老爷办事得体,他绝不吝啬。如果说他喜欢赚钱,该花的时候他也不拒绝花钱。婚礼结束后,尼克将入住家族老宅,这栋房子在村长身后将归他所有,而当米里奥塔感到有他在身边的时候,漫漫冬夜,她也许就不会害怕听到咿呀的门扇声和吱嘎的家具声,不会害怕看到什么幽灵从她喜欢的传说里跑出来。

为了补足维斯特显要人物的名单,我们还应该提到两个人:教师和医生。他们也不是泛泛之辈。

海尔莫德老师是个戴眼镜的胖子,五十五岁,他牙齿间总叼着个烟管弯弯的瓷锅烟斗。他扁平的头顶上只有稀稀拉拉几根散乱的头发,无须的脸,左脸颊有点抽搐。他的大事便是帮学生们削羽毛笔,原则上,他禁止学生使用铁笔尖。因此,他总把笔尖用他那把磨得相当锋利的旧小

当了十二年鳏夫的科尔兹老爷有一个女儿——美丽的米里奥塔。从维斯特村到伏尔坎村,甚至更远的地方的人们都对她赞不绝口。

刀削得特长！多么精细的活儿啊，他眨巴着眼睛，最后一刀切掉笔尖头上的尖尖！首先要有一手好字，他全部的努力便趋向于这个目标，一个尽忠职守的老师就该驱使学生朝这个方向发展。知识教育只是第二位的——我们不难知道海尔莫德老师教了些什么，一代代的男孩女孩坐在学校板凳上学了些什么。

现在，轮到帕塔科医生了。

维斯特有医生，怎么这个村子的人还在相信超自然的东西？

是啊！然而，这便有必要就帕塔科医生所用的这个头衔达成一致了，就像我们确定科尔兹仲裁人的头衔那样。

帕塔科是个矮个子，隆起的腹部，又矮又胖，年龄在四十五岁，他毫不掩饰地在维斯特和周边地区行医，处理日常的医疗问题。他以沉着稳重和令人晕头转向的饶舌，赢得了村民的信任，其信任程度不亚于牧羊人弗利克——这话并不过分。他门诊收费和出售药物，不过都是些无害的药品，不会使能自行痊愈的病人更加痛苦。况且，伏尔坎山口的村民身体都很棒，这里的空气质量是一流的，没见识过什么流行性疾病，如果说，在特兰西瓦尼亚的这个幸运的旮旯还有人死亡，那就是寿终正寝。至于帕塔科博士——没错！大家称他为博士！——尽管大家如此相待，他却没有接受过任何教育，不管是医学教育，还是药物学教育，什么都没有。他原来就是个检疫所的护士，他的角色就是监督因为缺乏无疫证书被留住在边界上的旅行者。除此再无别的了。有此，对于不难对付的维斯特村民似乎就足够了。还得补充一点——这也并不费解——帕塔科博士是个不信神鬼的人，似乎为他的同类治病的人都应该如此。因此，他不接受流行在喀尔巴阡地区的迷信言行，就连牵涉到古堡的传说也不信。他拿这些说法来开玩笑，加以嘲弄。当有人当着他的面说起，从远古以来，没有人敢于靠近这座城堡的时候，他会对一旁听着的人一再重复：

"不要激我，要我去你们那个破破烂烂的小屋子里转转啊！"

然而，由于没有人就此向他提出挑战，人们甚至警惕不要就此刺激他，帕塔科博士也就没有去成。而鉴于轻信，喀尔巴阡古堡便始终被包裹在不可穿透的神秘之中。

第 4 章

才几分钟,牧羊人带回来的消息便在村子里传开了。科尔兹老爷手里拿着那架珍贵的望远镜刚回家,后面跟着尼克·戴科和米里奥塔。此时此刻,在平台上只剩下了弗利克,被包围在二十来个男人、女人和孩子中间;还来了几个吉卜赛人,他们显得和维斯特的老百姓一样地激动。他们围着弗利克,七嘴八舌地问个不休,而牧羊人则带着一个看到了十分离奇的东西的人那种至为重要的神态,回答他们。

"是的!"他反复说道,"那时,古堡在冒烟,它现在还在冒烟,只要那里还石头垒着石头,它还会冒烟!"

"可那会是谁燃起的火呢?……"一个老女人握着双手问道。

"肖特!"弗利克回答,他说出了当地人给予魔鬼的那个名字。这是一个擅长煽风点火胜于灭火的主儿!

听到这个答复,他们便全都跑去,想看看古堡主塔楼顶上的黑烟。最后,大多数人肯定地说他们辨别得十分清楚,尽管如此遥远,他们根本就没看见冒烟。

这个奇怪的现象造成的结果超出了我们所能想象的程度。在这一点上,我们有必要强调一下。希望读者能设身处地地站在与维斯特村村民一致的精神状态上来,这样就不会为下文详述的事实感到惊讶了。我不要求读者去相信超自然的东西,但是要记住这些无知的老百姓对此相

"肖特！"弗利克回答，他说出了当地人给予魔鬼的那个名字。这是一个擅长煽风点火胜于灭火的主儿！

信得毫无保留。本来以为喀尔巴阡城堡荒无人迹,对此疑虑重重,现在在疑虑上增加了恐惧,因为城堡里仿佛住上了什么灵异。伟大的上帝啊!

在维斯特,有一个聚会的地方,喜欢杯中物的人经常光顾,有些人不喝酒,也喜欢在白天结束后去那里泡一泡,聊聊他们的事务。后者人数有限,这是当然的。这个对所有的人都敞开大门的地方便是村里主要的,或者说得更准确一些,唯一的客栈。

这家客栈的掌柜何许人也?他是一个名叫约纳斯的犹太人,一个六十来岁的诚实的商家。他面部表情十分动人,然而却长着一双完全是闪米特人①的乌黑眼睛,一个鹰钩鼻,一张拉长的嘴巴,一头直发,一副传统的山羊胡子。他十分殷勤,也乐于助人,乐于借小笔的钱给这个那个,并不显得非要抵押不可,利息要得也不像高利贷那么邪乎,尽管到了借款人同意的日期必须归还。但愿在特兰西瓦尼亚这个地方安家落户的犹太人都像维斯特的客栈主一样随和!

不幸的是,这个善良的约纳斯只是个例外。他的同一宗教的教友,职业上的同行——因为他们全都是开小酒吧、卖饮料和食品杂货的——干起放债人的行当时就十分苛刻,让人为罗马尼亚农民的未来担心。我们将看到土地渐渐地从土著民族的手中转到外来民族的手中。由于没有偿还贷款,犹太人将成为长势良好的庄稼的主人,这是设定给予的利润。而如果说希望之乡已经不在犹太地区,那么,有一天,它可能会出现在特兰西瓦尼亚的地理图上。

马蒂亚斯国王客栈——这便是客栈的名字——占有维斯特的那条大马路横穿过的平台的一个角,和村长的房子相对。那是一栋旧建筑,

---

① 实际上就是犹太人,历史上常被误作闪米特人。

很多地方经过修补,但是,它大面积地覆盖着绿色植物,外表非常吸引人。它只有一层,玻璃门进出通向平台。一进去就是宽敞的店堂,店堂里放了几张搁酒杯的餐桌和一些客人坐的凳子,一个被虫蛀蚀的橡木餐具架,架上闪烁着餐碟、陶罐和小玻璃瓶,还有一个发黑的柜台,约纳斯便坐在柜台后面听候顾客的召唤。

现在来说说这个店堂如何采光:它正面朝向平台,开有两扇窗子,在它对面,店堂深处的隔墙上还有两扇窗子。这两扇窗里有一扇被攀援植物和悬垂植物构成的厚厚的帘子遮住了,从外面阻挡,封死了窗子,只能透进来一点点光线。另一扇窗子打开后让人心旷神怡,放眼望去便是伏尔坎下面的整个谷地。在窗洞下几尺的地方喧哗着尼亚得激流。这条激流,发源于奥尔噶尔高地的上部,高地上便是古堡建筑,它顺着山口坡道而下;而且,它总能得到山间水流充沛的补充,即使在夏季,它都是呼啸着奔向瓦拉几亚的希尔河河床,汇入希尔河河道。

右侧,和大店堂毗邻的是六个小房间,足以供罕见的旅客住宿了。这些旅客在越过边界前想要在马蒂亚斯国王歇歇脚。在一个殷勤接待、热情服务的客栈主人这里,他们肯定能得到良好的照顾,价格低廉,还供应优质烟草,是客栈主去邻近最好的"黑市买卖"淘来的。至于客栈主人约纳斯的卧室,则在那个狭小的屋顶间,奇形怪状的老虎窗朝向平台,开在开满花的茅屋顶上。

5月29日当晚,就是在这个客栈里维斯特村的头面人物开了个会,有科尔兹老爷、海尔莫德老师、护林人尼克·戴科,村里的十二位主要居民,还有牧羊人弗利克——他在这些人员中不是最不重要的。帕塔科博士没有出席这次知名人士会议。他被一个老病人叫去了,这个病人就等他到来动身去另一个世界。博士承诺,一旦他的照料对死者不再是必不可少的时候,他就过来。

大家一边等候前护士,一边议论列入议事日程的严重事件,当然议事也免不了吃点儿喝点儿。约纳斯为他们送上了那种糊糊,或以"麻麻黎嘎"的名字著称的玉米糕,把糕泡在刚挤的新鲜牛奶里吃,味道一点都不坏。他为他们提供很多小杯高度利口酒,这种酒像纯净水流入罗马尼亚人的喉咙;还有"士纳普"烧酒,不到半个苏①一杯;尤其少不了在喀尔巴阡地区零售量极大的"辣酒",即高度李子烧酒。

应该一提的是酒店掌柜约纳斯——这也是客栈的惯例——只招待"用碟子的",也就是说,坐餐桌边用餐的,因为他注意到坐着的客人比站着的客人消费得更丰厚。而那天晚上,生意看来很不错,因为所有的凳子都被客人抢走了。所以,约纳斯手里提着罐子,从一张桌子跑到另一张桌子,忙着给不计其数的喝干了的平底杯斟满酒浆。

时间已是夜晚八点半钟。大家从黄昏时分起开始高谈阔论,却还是没能就应该怎么办达成一致意见。然而,这些老实人在这一点上的看法统一了,那便是,如果有陌生人住进了喀尔巴阡城堡,这对维斯特村的危险性不亚于在村口设了个火药库。

"这情况很严重啊!"这时,科尔兹老爷说。

"十分严重!"老师在他不离嘴的烟斗上抽两口之间重复道。

"非常严重!"与会者们重复道。

"这是非常非常肯定的事了,"约纳斯接着说道,"古堡的坏名声已经给这个地方造成了重大损失……"

"而现在,这将是另外一回事了!"海尔莫德老师嚷嚷道。

"外乡人本来就来得很少……"科尔兹老爷叹了口气说道。

"而现在,他们压根儿就不会来这儿了!"约纳斯随着村长的叹息也

---

① 法国辅币名,旧时相当二十分之一镑。

叹息着加了一句。

"许多居民已经在考虑离开这儿了!"一个喝酒的人提醒道。

"我第一个想离开,"旁边一个农民答道,"我只要把地里的葡萄一脱手就走……"

"您找不到您那些葡萄的买家了,老兄!"酒店掌柜反对道。

由此可见这些可敬的显要人物,他们的谈话进行到了什么程度。透过喀尔巴阡城堡给他们每个人造成的恐惧,显现在他们的利益将遭到令人痛惜的损害的感受上。再也没有旅客了,约纳斯的客栈收入因此受损。再也没有外乡人了,科尔兹老爷征收的过境费因此遭了殃,数额越来越少。再也没有人要买伏尔坎山口的土地了,地的主人便找不到路子把它们卖出去,哪怕以低价贱卖。这种情况已经持续了几年,而现在的形势,极可能导致更坏的结果,并继续恶化。

实际上,如果说,以前,古堡的精灵保持太太平平的,甚至不现形露迹就已经造成了这种局面,那么现在,它们以具体行动显示出了它们的存在,情况又会怎么样呢?

这时,牧羊人弗利克觉得该开口说话了,只是语气犹疑不定:

"也许我们该……"

"什么?"科尔兹老爷问道。

"去那儿看看,东家。"

大家你看看我,我看看你,然后垂下眼睛,这个问题始终没人回答。

还是约纳斯为科尔兹老爷接了这个话茬儿。他语气坚定地说:

"您的牧羊人道明了唯一能做的事情。"

"去古堡……"

"是的,我的好朋友们,"客栈主答道,"如果说主塔楼的烟囱冒出了烟,那就是说有人在那里生火,而如果说有人在那里生火,那就是有一只

手把火点燃了……"

"一只手……恐怕是一只爪子吧!"一个老农民摇着头说。

"手还是爪子,"酒店掌柜的说,"这不重要!必须清楚的是这意味着什么。这是鲁道尔夫·德·戈尔茨男爵离开城堡以来第一次有烟从烟囱里冒出来……"

"然而,也有可能早已经冒出过烟,只是谁都没发现罢了。"科尔兹老爷提出。

"这是我绝不敢苟同的!"海尔莫德老师大叫大嚷起来。

"相反,这很是说得过去,"村长提请注意说,"因为以前我们没有望远镜,看不到古堡发生的事情。"

这个看法是正确的。这种现象有可能早就出现了,甚至,逃过了牧羊人弗利克的观察,即使他的眼睛很好。不管怎样,上述现象是新近出现的还是早就有之,无可置疑的是目前有人占用了喀尔巴阡城堡。然而,这个事实对伏尔坎和维斯特的居民来说却构成了最令人不安的邻居关系。

海尔莫德老师觉得应该发表这个基于他的信仰的反对意见了:

"是人类吗,朋友们?……请允许我对此完全不能相信。人类怎么会产生藏身于古堡里的念头?意图何在?他们是怎么到达那里的?……"

"那您以为这些不速之客会是什么呢?"科尔兹老爷大声问道。

"超自然生灵,"海尔莫德老师以不容商量的口气答道,"为什么就不能是精灵、鬼魂、妖怪,也许还是一些以美女形象出现的危险的人面蛇身女怪……"

就在他一一列举的时候,所有人的眼睛全都望向了马蒂亚斯国王店堂的大门、窗户和烟囱。说实在的,每个人心里都在打鼓,会不会看到学校老师先后提及的那些幽灵突然冒出来。

"可是,我的好朋友们,"约纳斯试探着说道,"如果那是些精灵,我就不懂它们干吗要生火呢,它们没有什么东西要煮的呀……"

"那它们的巫术呢?……"羊倌答道,"您难道忘了巫术妖法要用火了吗?"

"当然要!"老师用不容置辩的声调补充说。

这个断语被无可争议地接受了,而大家的观点一致,把喀尔巴阡城堡选作实施阴谋诡计的舞台的是一些超自然精灵,而不是人类。

直至此刻,尼克·戴科始终没有介入这场谈话。护林人满足于仔细聆听这些和那些人所说的话。陈旧的城堡,神秘的城堡大墙,古老的起源,封建时代的风范,使他一直对此怀着既好奇又尊敬的心情。甚至,虽说他和维斯特村的任何一个居民一样的轻信,他却很勇敢,他不止一次地表示想踏进古堡围墙的愿望。

我们想象得到,米里奥塔固执地要他放弃这个九死一生的冒险计划。当他自由自在可以随心所欲的时候,他尽可作这些想法!可一个订了婚的人就不属于自己了,而冒这样的危险,那就是疯狂的、无情无义的行为。然而,不管她怎么祈求,美丽的姑娘心里还是害怕,怕护林人把他的计划付诸实施。使她稍感安慰的是尼克·戴科还没有公开宣布他要去古堡,因为谁也没有足以留住他的权威。包括她。这是她知道的,他是个固执坚毅的小伙子,说出来的话,他绝不会收回。说干就干。所以,如果米里奥塔能揣摩到此时此刻小伙子沉浸在怎样的思虑之中,那她肯定会恐惧不安的。

然而,由于尼克·戴科保持沉默,牧羊人的提议便一直无人应答。去喀尔巴阡城堡探察,现在的古堡有鬼怪出没了,谁还敢去,昏了头吧?……因此,人人都在为自己寻找去不了的最佳理由……村长一大把

年纪了,不可能再去冒险跋山涉水……老师得守着他的学校,约纳斯要照看他的客栈,弗利克要放牧他的羊群,其他农民则要忙着他们的牲畜和草料的事儿。

不!没有一个人会答应做出牺牲,大家心里都在嘀咕:

"谁斗胆敢闯古城堡,就很可能永远都回不来了!"

这时,客栈的大门突然打开,让在场的人大吃一惊。

那是帕塔科博士驾到,很难把他当成海尔莫德老师提到过的人面蛇身女怪!

帕塔科的病人死了——这不为他的医术,也为他的医学洞察力增光。帕塔科博士便急急赶来参加马蒂亚斯国王的会议了。

"他终于到了!"科尔兹老爷嚷道。

帕塔科博士急急忙忙地和每个人握手,就像给每个人分发药品似的,然后,以相当挖苦的口吻,大声说道:

"怎么样,朋友们,还是那个古堡……那个肖特的古堡在折腾着各位呀!……呵呵,胆小鬼啊!……那个古老的城堡,它喜欢冒烟,就让它去冒吧!……我们的老学究海尔莫德,他不也整天冒烟吗?……真的,这地方的人全都被吓得脸色煞白了!……我每次出诊听到的尽是这些话!……鬼魂在那儿生起火来了吗?……如果它们脑瓜子得了感冒,干吗不生火呀!……好像在主塔楼的房间里,五月天都结了冰……要不然是有谁在那里忙着给另一个世界烤面包呢!……呵呵,如果人真的能起死回生,在那边也得吃东西啊!……他们也许是天上的面包师,来那边烤面包呢……"

最后,他说了一连串的玩笑话,极其不合维斯特村人的口味,而帕塔科博士却说得天花乱坠,不可思议地大言不惭。

"朋友们,还是那个古堡……那个肖特的古堡在折腾着各位呀!"

大家任凭他说完。

这时，村长问他：

"这么说，博士，您完全不在乎古堡发生的事情啰？……"

"完全不在乎，科尔兹老爷。"

"您是不是说过，如果有人向您提出挑战……您随时准备前往古堡？……"

"我吗？……"前护士答道，对别人提起他的承诺难免流露出某种烦恼。

"是啊……您这话不是一再说过吗？"老师又强调了一遍。

"我说过这话……也许……是真的……如果只是要让我再说一遍……"

"是要让您实际去做。"海尔莫德说。

"实际去做？……"

"是的……我们不是向您提出挑战……我们只是恳求您这么做。"科尔兹老爷补充说道。

"你们懂的……朋友们……肯定……一个诸如此类的提议……"

"那好，既然您犹豫了，"酒店掌柜大声说，"那我们就不恳求您做……我们向您挑战！"

"你们向我挑战？……"

"是的，博士！"

"约纳斯，您太过分了，"村长接口道，"可不该挑战帕塔科……我们知道他是个信守诺言的人……他既然说过就能做到，一定会去做的……哪怕只是为了给村子，给这个地方效力。"

"怎么，这是正儿八经的吗？……你们想让我去喀尔巴阡古堡啊？"博士又说道，他那张红通通的脸已变得十分苍白。

"您不可能逃避了。"科尔兹老爷斩钉截铁地答道。

"求求你们……我的好朋友们……我求你们了……让我们三思,拜托!……"

"这是考虑成熟了的。"约纳斯答道。

"请你们办事要合情理……我去那儿有什么用呢?……我能在那里找到什么?……几个正直的汉子躲在古堡里……他们对谁都不碍事儿……"

"那好啊,"海尔莫德老师反驳道,"如果那就是些正直的汉子,您对他们丝毫不用害怕,这将是您为他们提供服务的一次机会。"

"如果他们需要的话,"帕塔科博士答道,"如果他们让人来请我,我不会犹豫……这请你们相信……我会去城堡的。可是,没人邀请我,我不会跑去,我不作免费出诊……"

"我们为打扰了您付费,"科尔兹老爷说,"并且按小时付。"

"谁给我付钱?……"

"我……我们……按您开的价付!"约纳斯的大多数顾客答道。

显而易见,虽说博士平日总是假充好汉,他实际上和他维斯特的乡亲一样地胆小。所以,在显示自己不受世俗之见约束,笑话当地的无稽之谈之后,因为拒绝大家对他的请求而陷入尴尬的境地。然而,去喀尔巴阡城堡,即便给他的差遣以报酬,这对他不管怎么说都是不妥当的。因此,他便说这次探访不会有任何结果,维斯特村会因为派人探查古堡而成为笑柄,但他的理由没有成功。

"喏,博士,我觉得您绝对不是冒险,"海尔莫德老师又说道,"因为您不相信精灵啊……"

"没错……我不相信。"

"那么,如若不是精灵回到了城堡,在那里安身的便是人类,您可以

和他们认识一下啊。"

老师的推理不乏逻辑性:要反驳可不容易。

"同意,海尔莫德,"帕塔科博士回答道,"但是,我有可能被留住在城堡里……"

"到那时,人家还会好吃好喝款待您呢。"约纳斯道。

"也许吧。可是,要是我不在的时间长了,村子里又有人需要我怎么办……"

"我们的身子骨都硬朗着呢,"科尔兹老爷答道,"您最后的病人归天以后,维斯特村再也没有一个病人了。"

"实话实说……您是不是下决心去?"客栈主人问道。

"肯定不去!"博士回答,"哦,这不是因为害怕……你们很清楚我不相信那些巫术……真的是我觉得这么做很荒唐,我再说一遍,这事很可笑……因为主塔楼的烟囱冒出了一股黑烟……一股也许并不是烟的烟……肯定……不去!……我不会去喀尔巴阡城堡……"

"我去,我!"

说话的是护林人尼克·戴科。他刚以这区区几个字介入谈话。

"尼克……你?"科尔兹老爷嚷道。

"我去……但是条件是帕塔科陪我一起去!"

这句话直截了当抛向了博士,后者为了躲避一跃而起。

"你这么想,护林人?"他反对道,"我……陪你去?……无疑……这会是一次悠闲的散步……就我们俩……如果这次散步还有点用处的话……而且,如果我们能试试的话……喏,尼克,你很清楚,现在去古堡都已经无路可通……我们无法到达那里……"

"我说了我要去古堡,"尼克·戴科答道,"既然我说了,我就一定去。"

"可是,我……我没说过要去呀!……"博士挣扎着嚷道,仿佛有人抓住了他的衣领。

"不……您说过这话……"约纳斯反驳。

"是的！……说过！"在场的人异口同声地答道。

前护士在这些和那些人的紧迫下,不知道如何脱身了。啊,他多么后悔如此不小心地被放出的大话束缚住了。他从来没想到人家会把这些话当真,也想不到人家会催促他为此付出身家性命……现在,他已经不可能躲过这一劫而不成为维斯特的众矢之的了,而整个伏尔坎地区的人都会无情地讥笑他。因此,他决定逆来顺受。

"好吧……既然你们非要这样,"他说,"那我就陪尼克·戴科走一趟吧,虽然这毫无用处！"

"好哇……帕塔科博士,好哇！"马蒂亚斯国王的喝酒客人全都叫了起来。

"我们什么时候出发,护林人？"帕塔科博士问道,他装出来的无所谓的口气掩饰不了他的胆怯。

"明天早上动身。"尼克·戴科答道。

这句话之后是久久的沉默。它说明科尔兹老爷和在场的其他人确实很激动。杯里的酒干了,罐子里的酒也干了。可是,虽然时间不早,谁都没有起身,谁都没想离开店堂,谁都没想到回家。因此,约纳斯考虑借这个好机会,再给大家上一轮烧酒和"辣酒"……

突然,在普遍的沉默中响起一个相当清晰的声音,慢慢说出了下面的那几句话：

"尼科拉·戴科明天别去古堡！……不要去……不然,不幸将降落到你的头上！"

谁这样说话？……没人熟悉的这个声音打哪儿来。它就像出自一张无形的嘴巴。……它只能是个幽灵的声音，超自然的声音，另一个世界来的声音……

恐怖到了极致。谁都不敢看一眼别人，谁都不敢说一句话……

这时，最勇敢的人——当然是尼克·戴科——认为知道该怎么应对。可以肯定，这些话就是在这个店堂里清清楚楚发出来的。护林人勇敢地走向那只大箱子，并且把它打开……

没有人。

他推开客栈大门，来到门外，在平台上转了一圈，一直跑到维斯特的大马路上……

没有人。

没过一会儿，科尔兹老爷、海尔莫德老师、帕塔科博士、尼克·戴科、牧羊人弗利克和其他人全都离开了客栈，留下掌柜的约纳斯一个人，他急忙把门关上反锁了。

那天晚上，维斯特的居民就像遭到了鬼怪现身的威胁，在各自家里森严壁垒……

村子里一片恐慌。

护林人勇敢地走向那只大箱子,并且把它打开……没有人。

第 5 章

第二天,早上九点光景,尼克·戴科和帕塔科博士准备起程。护林人的想法是沿着伏尔坎山口往上,走通往诡异城堡最短的那条路。

自从城堡主塔楼上冒起了烟,马蒂亚斯国王店堂里听到那说话声,毫不奇怪,老百姓全都吓疯了。有几个吉卜赛人已经要放弃这个地方。在所有的家庭里,大家说来说去只有这个话题,而且还细声细语地。您倒是对那句威胁年轻的护林人的话语里有魔鬼、"肖特"作怪持怀疑态度啊。当时在场,在约纳斯的客栈里的有十五个人,而且都是最值得信赖的人,他们都听到了那些怪异的话。硬说他们受了幻觉的欺骗,这是站不住脚的。在这方面不容置疑,尼克·戴科指名道姓地受到威胁,说是如果他坚持探察喀尔巴阡城堡的计划不变,便会遭到不测。

然而,年轻的护林人在准备离开维斯特,而且不是被迫的。实际上,不管查明神秘的古堡对科尔兹老爷有什么利益,不管弄清楚古堡里发生了什么对村子有多大的好处,还是有人急急忙忙地前来要他收回成命。米里奥塔一双明眸泪水涟涟,哭哭啼啼,绝望地哀求他不要执着地去涉险。在那个声音发出警告之前,这么做就已经是很严重了。警告之后还这么做,那就是精神失常了。而且,他们马上就要结婚,尼克·戴科却想在这样的贸然行动中拿他的性命去冒险,连他的未婚妻哀求他都没有管用……

不管是朋友们的斥责,还是米里奥塔的眼泪都不能影响护林人。其实,谁都不会对此感到惊讶。人们知道他生性桀骜不驯。他的执着,可以说到了顽固不化的程度。他说了要去喀尔巴阡城堡,就什么都阻挡不了他这么做——甚至那个直截了当向他发出的恐吓之词也吓不倒他。是的!他将去古堡,哪怕有去无回!

出发的时间到了,尼克·戴科最后一次紧紧地把米里奥塔抱在怀里,而可怜的姑娘则用大拇指、食指、中指划着十字,按照罗马尼亚的习俗,这是向圣灵、圣母、圣子表示敬意。

而帕塔科博士呢?……怎么,被催促陪同护林人前去的帕塔科博士却试图脱身?但是他没有成功。能说的话他全都说了!……能想象得到的反对意见他都提了!……他把那个明确听到的不许去古堡的禁令拿来做挡箭牌……

"这个危险只跟我有关。"尼克·戴科满足于这么回答他。

"而万一你遇上了不测,护林人,"博士说道,"我还能全身而退吗?"

"全身与否我不知道,但您答应和我一起去古堡的,我去,您就得去!"

维斯特村的村民们确定什么都阻止不了护林人信守诺言,便在这一点上全都认为他说得在理。尼克·戴科不是单枪匹马去闯龙潭虎穴还是好一些。因此,气急败坏的博士感到无路可退,意识到再这样下去会损及他在村里的地位,会让平日里说惯了大话的他蒙受羞辱,便满怀惧意地顺从了。况且他已下定决心,打算借路上出现的种种障碍,迫使同伴打道回府。

就这样,尼克·戴科和帕塔科博士出发了,科尔兹老爷、海尔莫德老师、弗利克、约纳斯把他们一直送到大马路转角,然后,停了下来。

在那个地方,科尔兹老爷最后一次把他再不离身的望远镜对准了古

堡方向。主塔楼的烟囱上没见到有黑烟升起,在这春日晴朗的早晨,十分洁净的天际,有烟的话是很容易看见的。能不能由此得出结论,古堡里的自然或者超自然的来客,发现护林人没把他们的威胁放在心上,开溜了呢?有人这么想了,而这倒是个能导致这件事最后皆大欢喜的缘由。

大家握手道别,然后,尼克·戴科拖着博士,消失在山口角处。

年轻的护林人穿着巡山的制服,宽檐饰带制服帽,束腰上装,皮带上挂着插在鞘里的大刀,脚下一双钉了铁钉的靴子,腰上围一条子弹带,肩上扛着长枪。他享有证据确凿的好射手名声。而由于,如果没有幽灵,可能会遇上游弋在边境上打劫的强盗,或者没有强盗,还会有不怀好意的狗熊,只能随时做好防御准备了。

至于博士,他确定用一把打五枪会跑掉三枪的老式发石枪来武装自己。他还带了一把小斧子,他的同伴交给他的,在通过帕莱萨高地浓密的矮树林时,很可能会出现必须用它开路的情况。他头戴山里人的宽大帽子,扣上扣子的衣服外披着他厚厚的旅行斗篷,脚蹬一双包着粗铁片的靴子。不过,一旦机会出现,妨碍他逃跑的绝不会是这笨重的装束。

尼克·戴科和他也都备足了食物,放在他们的褡裢里,以备探察延长之需。

过了马路转折后,尼克·戴科和帕塔科博士沿着尼亚得激流右岸上溯走了好几百步。顺着穿过山间豁谷的环形路走,会使他们向西方过于偏离。能继续贴着激流前行,可以缩短三分之一的路程,因为,尼亚得激流发源于奥尔噶尔高地的起伏皱褶。然而,首先要能够通行。对步行者而言,陡峭的河岸、深邃的豁谷、当道的大山岩,遇上了,路就没有了。从此时起他们就必须向左面斜插上去,即使过后再走向城堡。这时,他们必须穿过帕莱萨森林的下部地区。

况且，这也是唯一能接近城堡的一头。在鲁道尔夫·德·戈尔茨男爵住在城堡里的时候，他来往于维斯特村、伏尔坎山口、瓦拉几亚的希尔河谷地之间就是顺着这个方向开拓出来的一条狭窄的通道进行的。可是，二十年来，曲径或羊肠小道任由草木的蔓延，被纠结在一起的乱作一堆的荆棘所堵塞，便痕迹都没有了，找也找不到。

在离开峭壁夹岸，水声喧哗的尼亚得激流时，尼克·戴科停下脚步，以确定方位。城堡已经看不见了。它要等过了森林的遮蔽处才会再次显现，而森林在低矮的山坡上排成一层又一层。这种布局是喀尔巴阡山脉的山岳地貌所共有的。因此，没有标记，方向将难以确定，只能看太阳的位置才能辨别，而此时的阳光正擦过远处东南方向的山脊。

"你看到了吧，护林人，"博士说，"你看到了吧！……连路都没有了……或者应该说，已经无路可走了！"

"等会儿就有了。"尼克·戴科答道。

"说起来容易，尼克……"

"做起来也容易，帕塔科。"

"这么说，你还是抱定决心不变？……"

护林人只是向他打了个肯定的手势，然后走上穿过林木的道路。

此时，博士正凌受着一个残忍的欲望的折磨，他想往回走；可是，他的同伴恰恰转过身来，抛给他一个坚毅的目光，使得胆小鬼断定再落在后面就不合适了。

帕塔科博士还有最后一个希望，那就是不用多久，尼克·戴科便会迷失在他的职务从没把他带来过的这些树木的迷津里。可是，他没有把灵敏的嗅觉、职业的本能，可以说是"野兽"的天赋算在内。这种天赋使尼克能凭借最细微的痕迹——朝某个方向抛出的枝杈，地面的起伏，树皮的颜色，受到南面来的或是北面来的风影响下的苔藓多变的细小差

别——识别途径。尼克·戴科在他的本职工作上太老练了。他工作起来十分精明,绝对不会迷路,即使在他从没到过的地方。他堪与库珀①笔下的皮袜子或庆噶西格柯并驾齐驱。

然而,穿越这个林木地带还会遭遇实实在在的困难。榆树、山毛榉、一些被称作"假法国梧桐"的槭树、高大挺拔的橡树,占有它的近景,一直延伸到下一层,桦树、松树和冷杉树,重重叠叠在山口左侧的最高层小圆丘上。这些树木全都华贵非凡,粗壮遒劲的树干,充满新鲜汗液而温热的枝杈,浓密的叶丛,互相交叉重叠形成一个绿色植物的穹顶,使太阳光都无法穿透。

可是,弯下身子从枝杈下面过去相对地还是比较容易的。而地面上的障碍有多大,得花多大的功夫才能把道路从荨麻和荆棘丛中开拓出来,还要防止轻轻一碰便会脱落的千千万万根刺扎到身上!尼克·戴科不是个会被这种事吓倒的人,况且,只要他能穿过树林到达那一头,擦伤点皮根本就不放在他心上。确实,在这种情况下,行进的速度只能非常缓慢——情况的恶化令人恼火,因为,尼克·戴科和帕塔科博士本打算下午就到达古堡。那时天色还相当亮,他们可以进行探察——这样,他们就能够在黑夜到来之前返回维斯特村了。

因此,护林人利斧在手,左挥右砍,在深深的荆棘丛生地,草木们竖起刺刀的地方,为自己开辟出一条通道。他脚下踩到的是一片高低起伏、因为树根或树桩而凹凸不平的土地,他要不是陷入从没被风清扫的潮湿的落叶层,就是绊在树根树桩上。不可胜数的树籽夹像暴怒的豌豆似地炸开,让博士十分害怕,噼里啪啦响起来让他心惊肉跳,当他被蔓茎

---

① 詹姆斯·库珀(1789—1851),美国作家。以美国边疆冒险小说和海上冒险小说的创始者而闻名。最著名的作品是《皮袜子故事集》。主人公化名皮袜子,年迈粗鲁,但心地纯正。这本书获得巨大成功后,他又写了四部续集,《最后一个莫希干人》就是其中之一。

护林人利斧在手,左挥右砍,在深深的荆棘丛生地,草木们竖起刺刀的地方,为自己开辟出一条通道。

挂着上衣,就像有个爪子想留住他的时候,他惊恐地转过身来,东张西望。不!他根本就放不下心来,这可怜的人。可现在,他绝不敢一个人往回走,他努力不让自己和执拗的同伴拉开距离。

有时林子里心血来潮地出现一片空地。强烈的阳光骤然泻落。成双成对的黑天鹅——它们的静谧被惊扰了——从高高的枝杈上飞腾而起,大幅扇着翅膀飞走了。穿越这些空地的行走更令人疲乏。空地上堆积着巨大的木头棒,被风暴刮倒或老死倒下的树木,仿佛是樵夫的钢斧给了它们致命的一击。那儿躺着被腐蚀的树干,绝不会有人来把它们剖成木材段,拉到瓦拉几亚的希尔河里去。面临这些难以逾越的障碍,有时还绕不过去,尼克·戴科和他的同伴就得大费周折了。如果说年轻的护林人敏捷、灵活、精力充沛,总能摆脱困境;帕塔科博士,两条短短的腿,一个便便的大肚子,气喘吁吁,上气不接下气,就难免一次次地摔倒,迫使尼克不得不来帮他一把。

"你瞧着吧,尼克,我将以断胳膊折腿告终!"他一再说。

"您可以再接上的。"

"行了,护林人,理智一些吧……可不该和不可能的事情过不去啊!"

罢了!尼克·戴科已经往前走去,而博士,一无所获的博士,只得急急赶上。

迄止此时,他们所遵循的方向是不是恰好能到达古堡的正面?要弄清楚这个问题还很不容易。然而,既然地势在不断上升,便有可能上升到那座森林的边缘,果然,下午三点,他们到达了那里。

再过去,一直到奥尔噶尔高地,展开了一片绿色树木的屏障。随着高地坡面海拔越来越高,树木也越来越稀疏。

在这个地方,尼亚得激流重又显现在山岩之间,或者是因为它朝西北改变了方向,或者是因为尼克·戴科朝它斜行遇上了。这便使年轻的护林人得以肯定,他没走错路,这道溪流似乎是从奥尔噶尔高地的深处冒出来的。

尼克·戴科无法拒绝博士在激流边休息一小时的要求。况且,肚子也和两条腿一样不容商量地提出了自己的需求。两个褡裢都装得满满的,博士的平底杯和尼克·戴科的平底杯都斟满了"辣酒"。再者,就在几步路之外流淌着经河底卵石过滤的清新明澈的溪水,他们还能有更多的要求吗?他们消耗了大量的精力,现在需要加以补充了。

自从出发以来,博士很少有闲暇能和尼克·戴科聊聊,尼克始终都走在他前面。然而,一旦两个人在尼亚得激流边上坐下,他便能获得补偿了。如果说,一个话不多,另一个却喜欢饶舌。从而,毫不令人惊讶地导致问题十分啰嗦,而回答却非常简要。

"我们稍微议论一下吧,护林人,正儿八经地议论一下。"博士说。

"我听您的。"尼克·戴科回答。

"我觉得,我们在这儿歇下来了,是为了接下去再度进入森林。"

"完全正确。"

"然后,返回维斯特……"

"不……是去古堡。"

"喏,尼克,我们都走六个小时了,而仅仅走完了一半的路程……"

"这只能说明我们没有时间可以浪费。"

"可等我们到达城堡的时候,天色要黑下来了。我想,护林人,你不会疯狂到想要摸黑冒险吧,还得等天亮……"

"我们等待天亮。"

"这么说,你不愿意放弃这个违反常理的计划啰?……"

"是的。"

"怎么?我们都已经精疲力竭,需要宽敞的厅堂里有一桌好吃的,以

及舒适的卧房里的一张好床，而你却想在露天过夜。"

"是的，如果有什么障碍阻止我们越过城堡围墙的话。"

"如果没有遇到障碍呢？……"

"那我们将睡在主塔楼的房间里。"

"主塔楼的房间啊！"帕塔科博士嚷道，"你以为，护林人，我会同意在那该死的古堡里待上整整一个夜晚……"

"也许吧，除非您更喜欢一个人待在外面。"

"独自一个人，护林人！……这可不符合我们所说定的条件啊，而我们需要分开的话，我更愿意是在这个地方，我好回村里去！"

"我们说定的是，帕塔科博士，我去哪儿，您就得跟我去那儿……"

"白天，是的！……夜晚，不行！"

"那好，您可以走，当心别在林子里迷路。"

迷路，这正是让博士担心的事。任由他自己处理，他不惯于穿过帕莱萨森林无穷无尽的拐弯处，他觉得自己是不可能找到回维斯特的道路的。况且，独自一个人，当夜晚降临的时候——也许会是一个漆黑的夜晚——，独自一个人走下山口的坡道，冒着掉进豁谷深处的危险，这对他可不是好玩儿的事情。哪怕不爬护墙，太阳下山后，如果护林人坚持要这么做，倒不如还是跟着他一直到围墙脚下。可是，博士还想作最后的一番努力，试试阻止他的同伴。

"你很清楚，亲爱的尼克，"他接着说道，"我是不会同意和你分道扬镳的……既然你坚持要去城堡，我绝不会让你一个人去那儿。"

"说得好，帕塔科博士，我也相信您会坚持这么做的。"

"不……我再说一句，尼克。如果天黑了，我们到了那儿，答应我，不要设法进入古堡……"

"我能够答应您的，博士，那便是尽一切可能进古堡，只要我还没有

尼克·戴科无法拒绝博士在激流边休息一小时的要求。况且，肚子也和两条腿一样不容商量地提出了自己的需求。

清楚里面发生了什么,我就一步都不退缩。"

"里面发生了什么啊,护林人!"帕塔科博士耸耸肩膀嚷嚷道。"可你说里面能发生什么了?……"

"我还一无所知,可我既然下定决心要知道,我就一定会知道的……"

"还得能到达那里,到达那个魔鬼的城堡啊!"博士反驳道,他已经词穷理尽。"然而,迄止此时我们所经历的艰难,以及穿过帕莱萨森林让我们花上的时间,以此判断,白天在我们到达之前就要结束了……"

"我不这么以为,"尼克·戴科答道。"在高地的上部,冷杉树林不像下面的榆树、槭树和山毛榉林子那样荆棘丛生了。"

"可山路更难爬了呀!"

"那有什么,只要不是不能通行。"

"然而,我还是要说,我们会在奥尔噶尔高地附近遇上熊瞎子的!"

"我有我的长枪,您有您的手枪,可以自卫啊,博士。"

"可是,夜色降落后,我们还可能迷失在黑暗中呢!"

"不,因为我们现在有了向导,我希望,它不会再抛下我们了。"

"向导?"博士大声嚷嚷。

他猛然站起身来,朝四下里投去不安的一瞥。

"是的,"尼克·戴科答道,"而这个向导便是尼亚得激流。我们只要沿着它的右岸攀升,就能抵达它的发源地,高地的那个山脊。因此,我相信,不用两个小时,我们就能站在古堡的门口,如果我们不再拖沓,重新上路的话。"

"两个小时,不会是六个小时吧!"

"行了,您准备好了吗?……"

"这就要走,尼克,这就要走啊!……可我们才停留了几分钟!"

"已经有足足半个小时的几分钟了。我最后一次问您,准备好了吗?"

"准备好了……我的腿沉重得像灌了铅……你很清楚,我不如你护林人的两腿有劲啊,尼克·戴科!……我的脚肿了,强迫我跟着你好残酷……"

"总之,您讨厌我了,帕塔科!我给您自由,您可以离开我!一路顺风!"

说着,尼克·戴科站起身来。

"看在上帝的份儿上,护林人,"帕塔科博士嚷嚷道,"再听我一句!"

"听您的蠢话啊!"

"喏,既然时间不早了,干吗不待在这个地方,就在这些大树的庇护下歇宿呢?……我们明天早上天一亮就出发,这样就能有一上午可以用来登上高地……"

"博士,"尼克·戴科回答道,"我再跟您说一遍,我的意图是在古堡里过夜。"

"不!"博士嚷道,"不……你不能这么做,尼克!……我会阻止你这么做的……"

"您?"

"我会吊在你身上……我会拖住你!……必要的话,我会揍你……"

不幸的帕塔科,他已经不知道自己在说什么了。

至于尼克·戴科,他甚至不屑于回答,他斜背上长枪往尼亚得激流陡峭的岸边走去。

"等一等……等一等!"博士可怜巴巴地喊道,"什么鬼人啊!……再等一会儿!……我的腿僵硬了……我的关节转不动了……"

然而,他的关节很快就转动起来,因为,前护士得让他的短腿一溜小

跑才能赶上头也不回的护林人。

四点钟。擦过帕莱萨高地山脊的太阳光线不一会儿就被挡住了,只剩一束余光照亮冷杉树林最高的枝杈。尼克·戴科催促赶路大有道理,因为,太阳西沉的时候,树林底下不多久就黑暗一片了。

粗壮的亚高山区植物聚集的这些森林,景象奇特,不可理解。它们里面的树木不扭曲,不歪斜,不张牙舞爪,而是树干挺直,互相间隔,树干上没有结节枝杈,光秃秃直至距离树根五六十尺,不落的枝叶散开后仿佛构成了绿色的天花板。它们下面很少有荆棘丛或杂乱的野草。长长的树根匍匐在地上,像似冻僵的蛇。贴着地面有一层泛黄的苔藓,地毯似的,稀疏绗着干枯的树枝,零落的松果在脚底下噼噼啪啪作响。一面陡峭的斜坡,纵横着晶莹的山岩,尖锐的棱边能划破最厚的皮革。因此,从这片四分之一匈牙利里的冷杉树林中间穿过去很不好走。想翻过这大块大块的石头需要有柔韧的腰、强劲的腿、稳当的手脚,这在帕塔科博士身上都已成过去。尼克·戴科如果一个人走,一小时就够了,有他同伴的拖累,停下来等候他,帮助他爬上一些对他那双短腿来说太高的岩石,结果让他花了三个小时。博士还剩下一种恐惧——极端的恐惧,那就是让他一个人待在这瘆人的荒僻之处。

可是,如果说帕莱萨高地的圆顶上的那些斜坡变得越来越难爬,坡上的树木却开始越来越稀疏。它们只是形成一些孤立的树丛,范围不大。在这些树丛之间,可以瞥见背景上起伏的山峦,其轮廓浮现在暮霭之上。

护林人始终沿着尼亚得激流前行,而此时的激流已经只是一条小溪,它的源头应该就在不远处了。在这个场地最后的几个皱褶上几百尺的地方,圆圆地鼓起奥尔噶尔高地,高地上便满满地遍布着古堡的各个建筑物。

尼克·戴科如果一个人走，一小时就够了，有他同伴的拖累，停下来等候他，帮助他爬上一些对他那双短腿来说太高的岩石，结果让他花了三个小时。

尼克·戴科终于到达了这个高地,博士在做出最后的这番努力后瘫成了一堆泥。可怜的人儿没有力气再拖上二十步,他像一条遭屠夫的重锤击倒的牛。

尼克·戴科在这艰苦的攀登后几乎不觉得累。他一动不动地站着,贪婪地凝望着这座从来没有靠近过的喀尔巴阡城堡。

一堵带有雉堞的围墙展开在他眼前,围墙前还护着一条深深的壕沟,壕沟上唯一的一座吊桥紧靠堡门拉起,堡门四周框着石头的带饰。

围墙外面,奥尔噶尔高地地面上一片荒芜和寂静。

白天最后的一点余光让人把隐隐淡化在夜晚的阴影中的古堡一览无余。没有人出现在护墙的栏杆上,主塔楼最高层的平台上也没人,它二层的环形阳台上也没有人。长年锈蚀、过分夸张的风标周围见不到一丝黑烟。

"怎么样,护林人,"帕塔科博士问道,"你承不承认过这条壕沟,放下吊桥,打开堡门是不可能的了吗?"

尼克·戴科没有作答。他发现他们必须在城堡墙外休息了。在这片黑暗之中,他怎么可能下到壕沟底,再沿着陡坡往上爬,进入围墙里去呢?显然,最明智的办法是等待天明,以便在天光大亮的时候采取行动。

就这样决定了,让护林人十分懊丧,博士却感到极其满足。

第 6 章

　　细细的一弯新月,纤细得像一把银镰,几乎就在太阳刚落山就消失不见了。从西边吹来的云陆陆续续熄灭了黄昏时分最后的几缕微光。黑影从下层区域渐渐爬升,蔓延到全部空间。山峦环绕中的圆谷黑暗一片,古堡的轮廓很快便泯灭在夜晚的黑纱下。

　　如果说那天晚上预见会漆黑一片,却没有丝毫征兆说明将受到某些气候现象,譬如雷雨、雨、风暴的骚扰。这对将露宿野外的尼克·戴科和他的同伴实属幸运。

　　在奥尔噶尔这块干旱的高地上,不存在一个小树丛。这里那里只有一些贴着地面生长的灌木,不提供任何抵御夜晚寒气的庇护。要多少有多少的山岩,有的一半陷入土中,有的几乎难以维持平衡,稍稍一推便能使之滚下坡去,一直滚到冷杉林。

　　实际上,在这片乱石嶙峋的土地上,唯一大量生长的是一种叫"俄罗斯之刺"的蓟类植物,据埃里瑟·雷克吕思说,是莫斯科马群的毛带过去的种子,"俄国人愉快的征战带给特兰西瓦尼亚的礼物"。

　　现在的问题是寻找一个合适的地方,将就着抵御气温的下降,等待天亮。在这个海拔高度,气温下降相当明显。

　　"我们只有选择的困难……选来选去都得吃苦挨冻啊!"帕塔科博士低声嘀咕。

"您就抱怨吧！"尼克·戴科回答道。

"我当然要抱怨！多舒适的地方，最适合于让人得感冒和风湿病了，我肯定不知道怎么治愈我自己！"

从检疫所前护士口中说出来的不加掩饰的大实话。啊！他多么怀念自己在维斯特的舒适的小屋，那里有门窗紧闭的卧室和双倍铺垫的床！

在奥尔噶尔高地林立的巨岩中，得选择一块朝向能成为最佳屏风的石头，抵御开始变得刺骨的西南风。这正是尼克·戴科所做的事，很快，博士前来，和他一起挤在一块宽阔的山岩后面，平整的山岩上部像似搁板。

这块山岩属于那种条石，埋没在山萝卜属植物和虎耳草下，这些都是在瓦拉几亚各省道路转角上经常能遇见的植物。旅行者在那里既能坐下歇脚，又能从放在那上面的水罐里饮水解渴，水是农村的人们每天都换过的。当鲁道尔夫·德·戈尔茨男爵还住在城堡里的时候，这块条石上就放着一个容器，他们家的仆人很注意从不让它干了。可是，现在，它被垃圾弄脏了，上面长出一层暗绿色的苔藓，只要稍稍一碰恐怕就会支离破碎。

在条石的一端竖着一根花岗岩柱子，它是一个古老的十字架的残余，它的两只手臂在直立的支架上只剩下了半磨损的凹槽。作为一个不受世俗之见约束的人，帕塔科博士不能接受让这个十字架来保护他，对付超自然的灵异物。然而，出于许多不信神的人所共有的反常现象，他距离信鬼却不远。在他的脑海里，肖特恐怕就在附近，正是这个肖特经常出没于古堡，不管是紧闭的堡门，拉起的吊桥，装上尖刺的护墙，还是深邃的壕沟，都不能阻止他从里面出来，只要心血来潮，他就会跑来掐断他俩的脖子。

博士想到他得在这样的环境里度过一个夜晚,便浑身战栗。不!这对一个凡夫俗子要求也太高了,性格最坚强的人也抗不住啊。

接着,一个来迟了的想法出现在他脑子里——一个在他离开维斯特的时候压根儿没顾及的想法。现在是星期二晚上,这一天,整个省的男女老少在太阳落山后都尽可能地不出门。星期二,我们知道,是魔法日。按照传统的说法,在这一带乱跑会撞上作恶的精怪。因此,太阳落山后,谁都不会在大街小巷或公路上转悠。可现在,帕塔科博士却不只是不在家待着,还跑到了离村子两三个匈牙利里之外灵异出没的古堡附近来了!而且,还不得不在那儿等待天明到来……如果黎明永远都不来了呢!实际上,这是在招惹魔鬼啊!

博士沉浸在这些思虑之中,他看到护林人就着他的水壶咕了一大口后,平静地从褡裢中掏出一块冷肉。他想,像他这么办吧,这才是最好的做法,于是,他也这么做了。一个鹅腿,一大块面包 就着辣酒,少不得由它们来帮助他恢复体力。然而,如果说他借此平静了他的饥饿,他却平静不了他的恐惧。

"现在,我们该睡觉了。"尼克·戴科说,他把褡裢安放在山岩脚下。

"睡觉,护林人!"

"晚安,博士。"

"晚安,这愿望说得容易啊,我就怕这一晚上不得安生呢……"

尼克·戴科没心思搭茬,他没有回答。他的职业使他习惯了在林中过夜,舒舒服服地斜靠着石条之后,不一会儿,他就睡得熟透了。所以,当博士听到他的同伴发出有规律的呼吸声的时候,他只能咬牙切齿地低声抱怨。

至于博士,他做不到暂停他的听觉和视觉功能,几分钟都不行。虽说身心疲惫,他却还在不停地观望,不停地谛听。产生于失眠困扰的怪

诞的幻象攫获了他的大脑。在这浓重的阴影中,他竭力想看到些什么?看清一切和乌有,在他周围的事物模糊的形状,透过夜空的乱云,几乎分辨不出来的城堡块垒。接着是奥尔噶尔高地上的山岩,他觉得它们仿佛在动,像似群魔乱舞。而如果它们从根底上动摇了,顺着斜坡往下翻滚,滚到这两个冒失鬼身上,在这个不让他们进去的古堡门口把他们压扁了可怎么办!

不幸的博士,他挺起身子,静听着传播在各个高地表面上的那些声音,令人不安的汩汩声,它既像窃窃私语,又像呻吟,又像叹息。他还听到猫头鹰疯狂地拍打着翅膀掠过山岩,半狗半女人的吸血鬼飞起来做它们夜间的散步,两三对阴郁的灰林鸮发出哀怨的诉说似的嘘嘘声。这时,他的肌肉也随之抽搐起来,浑身颤抖,冷汗淋漓。

就这样,时间缓缓地流逝,一直到午夜十二点。如果帕塔科博士还能够聊聊天,不时地与人说上一句半句话,让他随心所欲地怨天尤人,他的恐惧感或许会好一些。可是尼克·戴科睡着了,睡得好沉好沉。

午夜十二点,这是一天中最可怕的时刻,幽灵显现的时刻,施行魔法巫术的时刻。

那么,发生了些什么呢?

博士刚站起身,还在分辨自己是被吵醒的,还是受到噩梦的影响。

确实,在那上面,博士好像看到了什么——不!他确确实实地看到了——一些奇怪的形象,被一种鬼魅般的光照着,随着夜空的乱云飞腾、俯伏和降落。就像是一群妖魔鬼怪、蛇尾恶龙、半马半鹰的巨翅怪兽、庞然大物的海妖、大吸血鬼,它们张牙舞爪,似乎要伸出爪子来抓他,把他送进它们的血盆大口。

接着,他仿佛觉得奥尔噶尔高地上的一切——矗立在它边缘的岩石、树木——全都动了起来。相隔时间短促的敲打声,十分清晰地传到

在那上面，博士好像看到了什么——不！他确确实实地看到了——一些奇怪的形象，被一种鬼魅般的光照着，随着夜空的乱云飞腾、俯伏和降落。

他的耳朵里。

"钟声……"他嗫嚅道,"古堡的钟声!"

是的!正是古老的小教堂里的钟声,不是伏尔坎教堂的钟声,那边的声音会被风吹送去相反的方向。

现在的钟声敲得更急促了……晃动它的那只手敲响的不是丧钟!不!那是警钟声,一阵阵焦虑的声音正惊起特兰西瓦尼亚边陲的回声。

听到这一阵阵凄凉的震颤声,帕塔科博士不由得感到令人痉挛的恐惧、无法克服的极度不安和不可抵御的惊怵,使他浑身发冷,毛骨悚然。

这时,护林人也被这一阵阵可怕的钟声惊醒了。他挺起身子,而帕塔科博士却似乎龟缩到自己身子里去了。

尼克·戴科竖起了耳朵,他的双眼企图穿透蒙在古堡上的浓重的黑暗。

"那口钟!……是那口钟!……"帕塔科博士重复道,"是肖特在敲钟!……"

肯定,他比什么时候都相信魔鬼的存在。可怜的博士完全疯了!

护林人一动不动,没有搭理他。

突然,以纷乱的波长爆发出声声咆哮,仿佛海港入口处海轮的汽笛发出的吼叫声。空间在大范围上被它们震耳欲聋的喘息所撼动。

接着,一道亮光从城堡中心的主塔楼射出,一道强烈的光,从中闪现具有强大穿透力的光芒,炫目的闪光。这道强光是从哪个辐射源发出来的,它的辐射范围涉及奥尔噶尔高地表面长长的一大片?从怎样的大火炉逸出这发光源,它仿佛让山岩都燃烧起来,同时却给它们染上诡异的苍白色?

"尼克……尼克……"博士嚷道,"你看看我!……我是不是跟你一样已经成了具尸体?……"

这时，护林人也被这一阵阵可怕的钟声惊醒了。他挺起身子，而帕塔科博士却似乎龟缩到自己身子里去了。

确实，护林人和他全都变得像个死人了，苍白的面容，黯然无光的双眼，空洞的目光，带灰白斑点的发青的脸庞，像传说中提到的长在绞死者头顶的苔藓似的头发……

尼克·戴科就像被他所听到的，被他所看到的东西惊呆了。帕塔科博士达到了恐惧的极点。他全身肌肉收缩，毛发毕立，瞳孔放大，身子变得像破伤风病人似的强度痉挛。就像《静观集》的诗作者①所说的，他"呼吸着恐惧！"

这种恐怖现象持续了一分钟——最多一分钟。然后，那道诡异的亮光逐渐减弱，吼叫声停止了，奥尔噶尔高地恢复平静和黑暗。

两个人谁都不想再睡觉了，博士被惊吓所压垮，护林人紧靠着条石站着，等待着天色放光。

面对这些在他看来如此明显是超自然的景象，尼克·戴科作何想法？这其中是不是有什么东西会动摇他的决心？肯定，他说过要进入古堡，探访主塔楼……然而，他来到了古堡不可逾越的围墙下，惹起了精灵们的恼怒，造成了自然力的紊乱，做到这些是不是足够了？如果他没有疯狂到闯入这鬼魅出没的城堡里去就返回村子，会不会有人责难他没有实践诺言？

突然，博士扑到他身上，一边抓住他的手，企图拉着他走，一边用喑哑的声音反复说：

"走吧！……走吧！……"

"不！"尼克·戴科答道。

说着，他随手扶住做出这最后努力后倒下的帕塔科博士。

这一晚上总算是过去了，他们的精神状态就是这样，不管是护林人

---

① 《静观集》的作者是维克多·雨果。

还是博士,谁都没有意识到时间的流逝,直至太阳升起来。在他们的记忆中,曙光初现前度过的那几个小时一丝一毫都没有留下。

此时此刻,在两条希尔河的谷地的另一头,东面的天际,帕林格山的山脊上,清晰地绘出一条玫瑰红色的线。淡淡的白色散落穹顶,呈条纹的天空像一张斑马皮。

尼克·戴科转身朝向城堡。他看到城堡的形状渐渐明显,主塔楼从雾霭上部脱颖而出,夜晚的蒸汽渐渐降落在伏尔坎山口,小教堂、长廊、护墙逐个儿露了出来,接着是在角堡上清晰地显现出来的山毛榉,它的叶片在早晨的微风中飒飒作响。

平日里的古堡的风貌一点都没有改变。钟还是像古老封建的风标那样纹丝不动。主塔楼所有的烟囱都不见冒出烟来,而它装上栅栏的窗户也都一如既往地关得严严实实。

在平台的上方,有几只小鸟飞来飞去,发出清脆的啁啾声。

尼克·戴科把目光投向城堡的重要进口。紧靠门洞拉起的吊桥,封死了在两段镶有戈尔茨男爵纹章的石壁柱之间的堡门。

那么,护林人是不是决定把这次探险活动进行到底呢?是的,他的决定并没有因为夜间发生的那些事情打一点折扣。说干就干,我们知道,这是他的座右铭。不管是在马蒂亚斯国王的店堂里指名道姓威胁他的那个神秘的声音,还是他刚刚亲身经历的无法解释的声音和强光现象,均不能阻止他越过古堡的大墙。一个小时便足以让他跑遍里面的长廊,探察主塔楼,到那时,他的承诺才算完成,他将登上返回维斯特的道路,那么,中午前,他就能到家了。

至于帕塔科博士,他已经是一部毫无生气的机器,不但没有坚持的力量,就连坚持下去的愿望都荡然无存了。别人把他推向哪里,他就去哪里。他要是倒下了,恐怕都不可能再站立起来。这一晚上的恐怖事件

早已把他吓得魂飞魄散,如痴如傻。当护林人指着城堡,对他说:

"咱们走!"他居然没提出任何异议。

然而,白天回来了,博士应该能够返回维斯特,不用担心在穿过帕莱萨的那些森林时迷失方向。毕竟我们知道他和尼克·戴科一起留下来绝非他的心愿。如果说,他没有抛下同伴走上回维斯特的道路,那是因为他已经没有了对处境的意识,因为他已经成了一具行尸走肉。所以,当护林人拉着他走向壕沟外护墙的陡坡时,他便乖乖地随之而去了。

现在,有没有可能不走堡门进入古堡呢?这便是尼克·戴科首先要去弄清楚的问题。

护墙上没见到一个缺口,或一处崩塌,一点断裂,能够容他进入围墙里面的通道。实在令人惊讶的是这些古老的大墙竟然维护得这么好——这恐怕得归功于它们的厚实。爬上它们建有一线雉堞的大墙显然是不可行的,因为它们高踞于壕沟之上达四十尺。因此,尼克·戴科,即在他乍一到达喀尔巴阡城堡时便撞上了不可逾越的障碍。

对他来说,非常幸运——或者非常不幸——的是,在堡门上有个像是枪眼,或者不如说是个窗洞的口子,古时候就是从这个口子延伸出长炮的前身。而,利用一直垂落到地面的吊桥的铁链之一爬到那个洞口,对一个体格强壮、身手敏捷的人来说并不很困难。洞口的宽度足以容他爬进去,除非里面有栅栏挡住。尼克·戴科也许能从那里进入古堡大院。

护林人明白,从初步观察来看,他没别的办法可取,因此,在失去意识的博士跟随下,他从倾斜的陡坡小路往下,走上壕沟外护墙的内侧背壁。

两个人很快就来到了壕沟的底部,那里杂草丛生,草丛间零零星星散布着石头。他们不知道该往哪儿落脚,在这片潮湿的洼地上的野草下面,是不是麇集着万千毒虫。

护墙上没见到一个缺口，或一处崩塌，一点断裂，能够容他进入围墙里面的通道。实在令人惊讶的是这些古老的大墙竟然维护得这么好——这恐怕得归功于它们的厚实。

在壕沟中间，与护墙平行，旧时开凿的排水沟几乎完全干涸，跨一步就能过去。

尼克·戴科不管是体能还是意志力均毫发无损，他冷静地采取行动，而博士则机械地跟着他，就像一个被绳子牵着的动物。

过了排水沟之后，护林人沿着护墙往前走出二十来步，在暗门下方悬挂着铁链的地方停了下来。他身体很轻松地就能爬到凸出在洞口下的石头束带层上。

显然，尼克·戴科并不强求帕塔科博士和他一起试着攀登。一个如此笨重的家伙是不可能爬上去的。因此，他只是使劲儿摇晃着博士，好让他明白自己的想法，叮嘱他待在沟底不要走开。

然后，尼克·戴科开始顺着铁链往上爬，这对他山里人的肌肉来说只是小菜一碟。

可是，当博士发现只剩下自己一个人的时候，他一定程度上恢复了对处境的意识。他明白了，他观望，他发现他的同伴已经悬在离地十二尺的铁链上了，于是乎，他出于恐惧不安，用哽咽的声音大喊大叫起来：

"停住……尼克……停住！"

护林人压根儿就不听他的。

"下来……下来……要不，我走了！"博士哀怨地说，他终于站了起来。

"滚！"尼克·戴科答道。

说着，他继续慢慢地顺着吊桥铁链往上爬。

帕塔科博士恐惧到了极点，此时，他就想返回壕沟外护墙的陡坡小路，一直爬到奥尔噶尔高地的山脊上，然后拔腿飞奔打道回维斯特村去……

喔，怪事儿啊！与此刻相比，搅乱了前一天晚上的那些事儿都黯然

"停住……尼克……停住!"
护林人压根儿就不听他的。

失色了——他居然动不了了……他那双脚被粘住了,就像被老虎钳的钳口咬住了似的……他能一只一只地移动吗?……不行!……难道他被捕兽器的弹簧卡住了?……他完全被吓疯了,想不到去察看一下……他更像被他鞋子上的钉子钉住了。

不管怎样,可怜的博士被固定在原地动弹不得……他被铆在地上了……甚至都没了劲儿叫喊,他绝望地张开双手……就像他想把自己从一条嘴巴从地下深处冒出来的塔拉斯各龙的紧缠中拔出来似的……

此时,尼克·戴科已经爬到了堡门的上方,他刚把手搭到接合吊桥挂钩之一的铰链上……

他一声惨叫,接着,往后一闪,就像遭到了雷击,最后的本能让他抓住了铁链,然后顺着链子滑下来,一直滚到壕沟底。

"那个声音说得对,我会遭到不测的!"他喃喃说道,接着,便失去了知觉。

第 7 章

如何描述自年轻的护林人和帕塔科博士走后,维斯特村陷入的那种惶惶不安呢?随着仿佛是没完没了的时间的流逝,这种不安在不断地加剧。

科尔兹老爷、客栈主约纳斯、海尔莫德老师,以及还有几位,几乎始终守候在平台上。他们每个人都在坚持瞭望古堡遥远的垛垒,看看有没有什么涡旋形的气体再度出现在主塔楼上空。一丝丝烟都没有出现——这一点由始终不变地对准那个方向的望远镜得到了证实。确实,用于买下这个器械的两个弗罗林,这笔钱用得得当。相当在意谋私利,钱袋看得异常紧的村长,从来没有比花这笔钱更不觉得遗憾,花得更是地方的了。

十二点半钟,牧羊人弗利克从牧场回来,大家急切地询问他。有没有新的、不寻常的、超自然的情况出现?……

弗利克回答说,他刚跑遍了瓦拉几亚的希尔河谷地,什么可疑的迹象都没有看到。

午饭后,两点光景,各人重返各人的观察哨,谁都不想窝在自己家里,尤其是谁都不想再踏进马蒂亚斯国王一步,那里让人听到过恫吓性的话语。就算隔墙有耳吧,这还说得过去,毕竟这个成语在常用言语中相当流行……可没谁听说过隔墙有嘴巴啊!……

因此，可敬的客栈主着实担心他的小客栈会被收进检疫所，而这不失为一件令他忧虑之极的事情。他会不会因为没有顾客落得个关门大吉，坐吃山空啊？然而，出于让维斯特村的老百姓放心的目的，他对马蒂亚斯国王进行了细致入微的调研，搜索每一个房间直至它们的床铺底下，检查每一个箱子和餐具架，细细地查看店堂、地窖和屋顶层的每一个角落和阴暗旮旯，看看有没有可能让哪个喜欢恶作剧的人在那里装神弄鬼。啥都没有！……在凌驾于尼亚得激流之上的那一面也啥都没有。窗子都太高，沿着墙基插入奔腾的激流，墙面砌得笔直的大墙一直爬到窗洞口是不可能的。这都不重要了！恐惧是不可理喻的，也许得过很长一段时间，约纳斯的常客们才会恢复他们对他的客栈，他的烧酒和他的辣酒的信任。

很长一段时间吗？……错误，咱们走着瞧，这令人恼火的预测绝不会实现。

实际上，几天后，由于出了个十分意外的情况，村子里的头面人物重又汇聚在马蒂亚斯国王的餐桌前，进行他们日常的边喝酒边争论的议事。

可是，还得回头说说年轻的护林人和他的同伴——帕塔科博士。

我们记得，尼克·戴科在离开维斯特的时候，曾经答应愁肠百结的米里奥塔，不会在探访喀尔巴阡城堡中拖延时日。如果他没有遭遇不测，如果针对他的那些盛怒的威胁没有变为现实，那么，他估计在夜色初降之前就能回来了。因此，大家在等着他，而且，心急如焚！况且，不管是女孩，还是她父亲，还是学校老师，都无法预见路上的困难使护林人没能在夜晚降临前到达奥尔噶尔高地的山脊。

然而当维斯特的人们清清楚楚地听到伏尔坎的钟楼敲响八点的时候，他们白天就非常强烈的志忑越出了最后的界限。那么，尼克·戴科和博士出了什么事儿,导致他们去了一整天还没见回来呢?有鉴于此,在他们回来之前,谁都不会想回自己的家。他们每时每刻都在向往看到他俩出现在山口道路的转角上。

科尔兹老爷和他的女儿一直跑到了大马路的尽头,在安排由羊倌守候的地方。有许多次,他们以为透过林木间的空地,看到远处出现了人影……纯粹的幻觉!山口像往常一样,阒无人迹,因为,很少有边境上的人愿意在晚间去那儿瞎跑。而且,那是在星期二晚上——作恶的精灵们的这个星期二——这一天,太阳一落山,特兰西瓦尼亚人就都不愿意去野地里晃悠了。尼克·戴科真是疯了,挑选了这样的日子去探访古堡。实际上是年轻的护林人压根儿就没想到这码子事儿,再者,村子里也没人想到。

然而,此时此刻,米里奥塔想到的却正是这一点。她脑海里浮现出了多么可怕的景象啊!她在想象中每时每刻都在跟随着她的未婚夫,穿过帕莱萨一座座浓密的森林,而此时的他正在向奥尔噶尔高地攀登……现在,已经是夜晚了,她仿佛看到他在城堡里面,竭力躲避着出没于喀尔巴阡城堡的精灵们……他成了精灵们魔法妖术作弄的对象……他成了用于它们报复的牺牲品……他被禁闭在哪个地道深处的囚室里了……也许已经死亡……

可怜的姑娘,只要能追踪循迹去找尼克·戴科,她什么都愿意奉献出来!而现在既然不能这么做,至少,她希望能在这个地方等他一晚上。可是,她父亲非要她回家不可,留下牧羊人在那儿观望,父女俩返回他们的寓所。

在她的小房间里,剩下她独自一人的时候,米里奥塔便不加掩饰地大哭起来。她爱他,死心塌地地爱着他,这个正直的尼克,一种因为感激而更深刻的爱,感激年轻的护林人不是在特兰西瓦尼亚乡村通过传统的

决定终身的环境里寻找的她。

每年的圣彼得节,特兰西瓦尼亚村都要举办"相亲会"。那一天,全省各地所有的女孩子都会汇聚在一起。她们坐着用最好的马拉着的最漂亮的车前来。她们带来了她们的嫁妆,也就是说,用她们的双手纺织、缝纫、绣上花儿的衣服,装在色彩鲜艳的大衣箱里。亲人、女友、女邻居们陪伴着她们。这时,小伙子们来了,他们穿着华美的衣服,腰里系一条丝绸方巾。他们大摇大摆地在集市上转悠,寻找他们喜欢的姑娘,然后,送上一枚戒指和一方手绢,作为定亲之物。婚礼便在从节日回去后举行。

尼科拉·戴科不是在这种集市上遇见的米里奥塔。他们的关系并不是建立在偶然上的。两个人从童年时代起就认识了。到了懂得爱的年龄便互相爱慕。年轻的护林人没有去集市上寻觅将成为他的配偶的女孩,为此米里奥塔便很是看好他。啊!为什么尼克·戴科要如此信誓旦旦,如此坚执,如此冥顽不化地去实践一个冒冒失失许下的诺言啊!他爱她,真的,他的确爱她,然而,她却没有足够的影响力阻止他踏上去那个该死的城堡的道路!

悲悲戚戚的米里奥塔便在焦虑和哭泣中度过了这痛苦的一夜!她一点儿睡意都没有。俯身在窗口,目光紧盯着那条上坡的马路,她仿佛听到一个声音在低声絮叨:

"尼科拉·戴科没有在意那些威胁!……米里奥塔不再有未婚夫了!"

她紊乱的感官产生了错觉。寂静的夜晚中没有传播任何声音。马蒂亚斯国王店堂里那个无法解释的现象没有在科尔兹老爷府上再度发生。

第二天,晨光熹微,维斯特村的老百姓就已经跑到外面来了。从平台一直到山口的转角,大马路上,有的上坡,有的下坡——这些人在打探

每年的圣彼得节，特兰西瓦尼亚村都要举办"相亲会"。

消息，那些人则给予答复。据说，牧羊人弗利克刚刚赶到前面去了，在离村子一个匈牙利里的地方，他没有穿过帕莱萨森林，而是沿着森林的边缘走去，而这样做不是毫无动机的。

大家得等他回来，而为了尽快和他交流，科尔兹老爷、米里奥塔和约纳斯跑到了村子尽头。

半小时后，弗利克终于出现在公路上面，几百步的地方。

他显得步履拖沓，看来不是什么好兆头。

"怎么样，弗利克，你得知了什么？……有什么消息吗？……"牧羊人一到面前，科尔兹老爷就问道。

"什么都没看到……什么都没打听到！"弗利克答道。

"什么都没有啊！"小姑娘喃喃道，她的眼睛里饱含着泪水。

"太阳升起的时候，"牧羊人又说，"我在离这儿一匈牙利里的地方隐隐约约看到有两个人。起初，我还以为是尼克·戴科和陪同他一起去的博士……结果不是他俩！"

"你知道这两个是什么人吗？"约纳斯问道。

"两个外国旅行者，他们刚穿过瓦拉几亚森林。"

"你跟他们说过话？……"

"说过。"

"他们是朝村里来的吗？"

"不是，他们正朝雷铁扎特山而去，打算登上那座山的山顶。"

"那是两个观光客？……"

"看上去是观光客，科尔兹老爷。"

"那，昨晚上，他们穿过伏尔坎山口的时候，没看到古堡那头有什么情况？……"

"没有……因为那时他们还在边界的另一头，"弗利克答道。

"这么说,你没打听到尼克·戴科的任何消息?"

"一点都没有。"

"上帝啊!……"可怜的米里奥塔一声叹息。

"再说,过几天,你们就可以亲口问问这两个旅行者了,"弗利克补充道,"因为他们打算在去科洛斯瓦尔之前来维斯特歇脚。"

"只要没人跟他们说我的客栈的坏话就行!"无法安慰的约纳斯心下思忖。"他们可能想都不会想到在这儿下榻!"

而三十六个小时以来,善良的客栈主始终摆脱不了萦绕心头的这种担忧,他就怕从此再没有一个旅客会来马蒂亚斯国王吃饭和睡觉了。

总之,在牧羊人和他东家之间的这些问语和答话没有使局势有些微明朗化。而由于年轻的护林人和帕塔科博士到早上八点都没现身,大家还能不能抱定他们终将回来的希望呢?……没有人能够靠近喀尔巴阡城堡而不受惩罚啊!

被一夜失眠的感情起伏整得精疲力竭的米里奥塔,再也没有力气撑下去了。她浑身发软,几乎迈不开脚步。她父亲不得不送她回家。到了家里,她更是泪水涟涟……她用撕心裂肺的声音呼唤着尼克……她想去找他,和他在一起……真让人可怜,让人担心她会病倒。

可在此时此刻,最紧急最必须做的事情是拿出一个主意来。必须不失分秒地前去营救护林人和博士啊。哪怕会遇上危险,遭受目前占据古堡的人类或者非人类的报复,这些都不重要了。最要紧的是要知道尼克·戴科和博士现在怎么样。这个责任不仅落在他们朋友们的身上,也落在维斯特村居民的身上。正直的人们不会拒绝冲进帕莱萨的那些森林,然后,攀登高地直至喀尔巴阡城堡。

这件事决定下来之后,经过许多次的讨论,采取了大量的措施,选出了三位最勇敢的人,他们便是科尔兹老爷、牧羊人弗利克和客栈主约纳

斯——一个都不用再加了。至于海尔莫德老师,他突然痛风发作,腿部疼痛,不得不躺倒在教室里的两张椅子上。

九点光景,科尔兹老爷和他的两名同伴,谨慎地武装好以后,取道奔向伏尔坎山口。然后,即在尼克·戴科和他们分手的地方,他们离开山口,深入浓密的树丛。

他们不无理由地想到,倘若年轻的护林人和博士正走在回村路上,他们会走他们不得不穿过帕莱萨森林的道路。而且,辨认他们的踪迹也很容易,那正是他们刚越过林子边缘就证实了的。

我们暂且搁下他们,回头看一看维斯特村的人们,自从望不到他们的身影后看法上的转变。如果说善意的人们迎着尼克·戴科和帕塔科而上显得是责无旁贷的话,有人觉得,现在他们去了,这个行为实在是没有名堂地冒失。其难免的结果是在第一场灾难上增加第二场灾难!护林人和博士已经成了他们冒险行动的牺牲,这是谁都不再怀疑的事实了,那么科尔兹老爷、弗利克和约纳斯前去当他们义气的牺牲品又有什么用处呢?等到年轻姑娘像为她的未婚夫哭泣那样为她的父亲伤心流泪的时候,等到羊倌和客栈主的朋友们为失去了他们而内疚的时候,就可见自己有远见卓识了!

悲痛的心情在维斯特普遍传开,看样子这种心情不会那么快就结束。就算他们没有遭遇不幸,他们也难以指望科尔兹老爷和他那两个同伴能在夜色笼罩附近高地之前就回来。

因此,当下午两点钟左右,远远地瞥见他们出现在大路上的时候,人们感到何等的惊讶!当即接到通报的米里奥塔何等焦急地迎着他们跑去啊!

他们不是三个人,他们是四个人,第四个出现的是博士。

"尼克……我可怜的尼克!……"姑娘大声呼叫,"尼克不在里面

当下午两点钟左右,远远地瞥见他们出现在大路上的时候,人们感到何等的惊讶!当即接到通报的米里奥塔何等焦急地迎着他们跑去啊!

吗？……"

在……尼克·戴科在里面，他躺在用树枝做成的担架上，由约纳斯和牧羊人艰难地抬着。

米里奥塔扑向她的未婚夫，她俯身在他上面，紧紧地抱住他。

"他死了……"姑娘大声呼叫，"他死了！"

"不……他没有死，"帕塔科博士答道，"可他差一点儿死了……我也差点儿死了！"

实际情况是年轻的护林人失去了知觉。四肢僵直，脸无血色，微弱的呼吸几乎看不出他的胸脯起伏。至于博士，如果说他脸上不像他的同伴那样失色，那是因为步行让他的脸恢复了平日的那种红砖似的颜色。

米里奥塔的声音，那么温柔，那么撕心裂肺，却未能把尼克·戴科从他深深地陷入其中的昏迷状态下唤醒。直至把他抬回村子，安置在科尔兹老爷的卧房里，他都没说一句话。然而，过不多久，他睁开了眼睛，而当他一看到姑娘俯身在他床头，唇边便掠过一丝微笑。可是当他试图起来的时候，他却无法做到了。他的身体有一部分不能动弹，就像是得了偏瘫。然而，他想安慰米里奥塔，便对她说，确实，用十分微弱的声音对她说道：

"不会有事儿的……不会有事儿的！"

"尼克……我可怜的尼克啊！"姑娘一再重复道。

"只是有点儿累了，亲爱的米里奥塔，还有点儿激动……但很快就会好的……有你的看护……"

然而，病人需要安静和休息。所以，科尔兹老爷离开了房间，把米里奥塔留在年轻的护林人身边，尼克不可能希望找到一个比她更无微不至的护士小姐了，不久，他就进入了睡乡。

即在此时,客栈主约纳斯正在用大嗓门,好让每一个人都听清楚,向人数颇多的听众讲述他们出发后发生的事情。

科尔兹老爷、他和牧羊人在树林下面找到了尼克·戴科和博士开辟出来的小径后,朝着喀尔巴阡城堡方向走去。然而,就在他们攀登帕莱萨的坡道两个小时后,再往前走半个匈牙利里就能到达森林边缘的当儿,前方出现了两个人。他们就是博士和护林人,他们一个两腿已经不听使唤,另一个,筋疲力尽倒在一棵树下。

他们向博士跑去,询问他,可是没能得到一个字的答复,因为他变得十分迟钝,答不上来。他们用树枝做了一个担架,让尼克·戴科躺在上面,扶帕塔科站起来,转手间做完了这些事情。然后,科尔兹老爷和牧羊人抬起担架,有时则由约纳斯替换,走上回维斯特的道路。

至于尼克·戴科怎么会变成这副样子,他有没有探索古堡的废墟,客栈主并不比科尔兹老爷和牧羊人弗利克知道得多一些,因为,博士还没有恢复心智,还没有恢复到能满足他们的好奇心的程度。

然而,如果说帕塔科迄止此时尚未开口说话,现在,他必须说说了。见鬼!他现在平平安安地在村子里,周围都是他的朋友和病人!……他已经不必惧怕那边的灵异了……即使它们曾强迫他发誓闭口不言,一个词都不说起他在喀尔巴阡城堡看到的东西,公众利益要求他撇开他的誓言不管。

"喏,该平静下来了,博士,"科尔兹老爷对他说,"唤起您的记忆吧!"

"您这是要……让我说……"

"以维斯特村居民的名义,为了保证村子的安全,我命令您说!"

约纳斯送上的一大杯辣酒产生了效果,恢复了博士使用舌头的功能,他用断断续续的句子说出了下面的那些话:

"我们俩出发了……尼克和我……两个疯子……两个疯子啊!……

我们差不多用了一整天才穿过那一座座该死的森林……一直到晚上才到达古堡前……想到此我现在还浑身发抖……我一辈子都心有余悸啊！……尼克想进城堡里去……是的！他想在主塔楼里过夜呢……等于是说去贝尔载布尔①房里睡觉啊！……"

帕塔科博士说起这些事情的时候声音是那么低沉，使听的人听到这种声音就不寒而栗。

"我没有同意……"他接着说，"不行……我没有同意！……如果我在尼克·戴科的欲望前让步的话……那会出什么事情啊？……想到此我的头发都竖起来了！"

而如果说博士的头发真的在他的头顶上竖了起来，那是因为他的手正插在头发里机械地乱动。

"因此，尼克只好在奥尔噶尔高地上露宿……多可怕的夜晚啊……朋友们，多可怕的夜晚啊！……你倒是试试能不能歇下来，那些精灵一小时都不让你睡觉……不，连一个小时都不行！……突然，在乱云间出现了火的妖怪，真正的火妖！……它们扑向高地，要把我们吃掉……"

听到此，所有人的目光全都朝空中望去，想看看是不是有幽灵在骑行奔驰。

"然后，不一会儿，"博士接着说道，"小教堂的钟敲了起来！"

所有人的耳朵都侧向天际，而且，不止一个以为听到了远处的钟声，可见博士的叙述给他的听众们多么大的震撼。

"突然，"他大声嚷嚷，"可怕的吼叫声响彻整个空间……或者不如说是野兽的号叫……接着，一道强光从主塔楼的窗户里射出来……地狱的火焰照亮了整个高地，直至冷杉林的边缘……尼克·戴科和我互相看了

---

① 即魔鬼。

看……啊,好可怕的幻觉!……我们俩就像两具尸体……面对面两具被苍白的微光照得龇牙咧嘴的尸体!……"

望着帕塔科博士那痉挛的面容,慌乱的眼神,真让人怀疑他是不是刚从另一个世界回来,那个他已经把他的许多同类送过去了的世界!

得让他缓过气来,因为他早就无法再往下讲了。这便让约纳斯付出了第二杯辣酒的代价。这一杯酒使前护士恢复了一部分精灵们使他丧失的理性。

"那么,这可怜的尼克·戴科到底遇上了什么事情?"科尔兹老爷问道。

这个问题问得不无道理,村长极其在意博士的回答,因为,在马蒂亚斯国王的店堂里精灵们的声音指名道姓针对的是年轻的护林人。

"这便是我脑子里还能回想起来的情景,"博士答道,"白天回来了……我恳求尼克·戴科放弃他的计划……可是,你们了解他这个人……从这么一个顽固不化的人那里是什么都得不到的……他下到壕沟里……我不得不跟着他,因为他把我拖住了……再说,我对自己在做什么已经意识不清……当时,尼克往前走,一直走到堡门下……他抓住吊桥的一根铁链,顺着护墙往上爬……这时,我恢复了对处境的意识……制止他这个冒失鬼还来得及……我说得太客气了,这个渎圣者!……我最后一次命令他下来,往回走,跟我一起走上返回维斯特的道路……'不!'他对我大吼一声……我想逃跑……是的……朋友们……我说实话……我想到过逃跑,而你们要是处在我的位置上,谁都会产生和我一样的想法!……可是,我怎么做都无法让自己从地上脱出身来……我的双脚被钉子钉住了……螺丝拧住了……长了根了……我竭力想把它们从地里拔出来……不可能……我拼命挣扎……没用。"

说着,帕塔科博士模仿一个两条腿被抓住者绝望的动作,就像一只

被捕兽器逮住的狐狸。

接着,他继续往下讲:

"这时,"他说,"就听得一声惨叫……叫得好惨啊!……发出这个叫声的是尼克·戴科……他抓住链子的手松开了,他掉进了沟底,就像是被一只看不见的手打了一巴掌!"

博士肯定是就事论事地叙述了事情的经过,丝毫没有掺入他被搅得混乱不堪的想象。前一天晚上以奥尔噶尔高地为舞台出现过怎样的异象,他便怎样描述。

至于尼克·戴科摔下来之后发生的事情则是这样的:护林人昏过去了,帕塔科博士无法对他施以援手,因为他的靴子被固定在了地上,而他的脚则肿了,脱不出来……突然,拖住他的那股无形的力量瞬间消失……他的腿自由了……他扑向他的同伴,并且——这可是在他那方面做出的值得骄傲的勇敢举动——他在排水沟里打湿了手绢,拭抹尼克·戴科的脸……护林人醒了过来,然而,他的左手和一部分身子从他受到可怕的一击之后变得麻木不仁……不过,在博士的帮助下,他还是站起来了,爬上了壕沟外护墙的斜面,登上了高地……然后走上回村的道路……经过一个小时步行,他的左臂和胁部疼痛加剧,迫使他停了下来……最后,就在博士准备先行一步,去维斯特寻求救援的当儿,科尔兹老爷、约纳斯和弗利克非常及时地到了。

有关年轻的护林人的情况,帕塔科博士知道他伤势轻重,尽管他平时碰到医疗方面的事情总表现出罕见的自信,对此却避免表态。

"如果你得的是一种自然疾病,"他只是用不容分辩的语气回答道,"这种情况已经够严重了!可你得的是超自然疾病,是肖特发送到你身体里来的,那就只有肖特才有可能来治愈了!"

由于缺乏诊断,这个为尼克·戴科做出的预测实在是不能令人安心。极其幸运的是,这些话不是福音书里说的,而自希波克拉底①和加利杨②以来,多少医生出过差错,而且还在天天出错,他们可都比帕塔科博士高明。年轻的护林人是个壮实的小伙子。有他那强健的体格,摆脱困境还是有希望的——即使没有魔鬼的介入——而条件是不要太严格地遵照前检疫所护士的医嘱。

---

① 希波克拉底(约公元前460—前377),古希腊医生,被誉为医学之父。
② 加利杨(131—201),希腊医生。

第 8 章

　　这样的事件是不可能平息维斯特居民的恐惧的。现在，大家已经不再怀疑，让马蒂亚斯国王的顾客们听到的，犹如诗人后来说的那张"阴影里的嘴巴"所做的威胁，不是空话了。尼克·戴科遭到以无法解释的方式给予的打击，他的不听话和冒失得到了惩罚。这难道不是对所有想要步他后尘的人发出的警告吗？不许有闯入喀尔巴阡城堡的企图，这便是应该从这次悲惨的探险中得出的结论。谁想再试试，就会在那儿送了小命。可以肯定的是，如果护林人真的越过了护墙，他便永远都不会再出现在村子里了。

　　这次冒险导致在维斯特村，甚至蔓延到伏尔坎以及在两条希尔河的整个谷地，恐惧比任何时候都完全彻底。现在，古堡已成了灵异和恶鬼的栖身之处，这一情况超出了公众的胆量能够承受的力度。大家议论的无非是放弃这个地方。已经有几个吉卜赛家庭迁走，不想再待在古堡的附近地区。再只有去省里的其他地区了，除非匈牙利政府决定摧毁这个难以接近的巢穴。然而，喀尔巴阡城堡仅仅用凡人掌握的方法能够摧毁得了吗？

　　在六月的第一个星期里，没人敢于跑到村子外面去冒险，甚至不敢去忙庄稼活。轻轻地一锹下去不会把藏在地底下的幽灵锹出来了吧？……铁犁的犁头犁沟的时候，会不会导致飞出一群斯塔菲利或半狗

已经有几个吉卜赛家庭迁走,不想再待在古堡的附近地区。

半女人的吸血鬼？……在播下小麦种子的地方会不会长出魔鬼的胚子？

"难免有一天会发生这种事情的！"牧羊人振振有词地说。

然而，至于他那个方面，他很注意不再把羊群带到希尔河的牧场去放牧。

就这样，整个村子都被吓瘫了。地里的农活完全荒芜了。人们宅在家里，门窗紧闭。科尔兹老爷束手无策，不知道该用怎样的办法来挽回村民们的信任，况且是他所缺少的，这也是对他的信任。肯定地，唯一的办法，只有去科洛斯瓦尔，去请求当局的介入。

而那股黑烟呢，它有没有再次出现在主塔楼烟囱的顶上？……有，用望远镜隐隐约约看到过好几次，它升起在奥尔噶尔高地表面漂浮的雾霭上。

还有云层，夜晚降临，它们被染上了红色，就像是在大火的映照下似的，有没有？……有，那就像正在燃烧的蜗形装饰，盘旋在城堡上空。

还有把帕塔科博士吓成那副模样，让维斯特的居民们惊恐万状的吼叫声，还在穿过帕莱萨的森林传播过来吗？……有，或者至少，尽管距离很远，西南风还是带来了反射在山口的可怕的隆隆声的回响。

此外，按照那些疯狂的人们的说法，还有人发现地底下在颤动，就像喀尔巴阡山脉有个旧时的火山口被重新点燃了似的。可也许在维斯特人以为看到、听到和感到的东西里有很大一部分被夸大了。不管怎样，还是出现过一些正面的、明确的事实，将得到人们的承认，可还是让人再也无法生活在这么一个被如此不寻常的阴谋拨弄的地方。

毋庸赘言，马蒂亚斯国王客栈依然无人光顾。流行病时期的隔离也不会像这样遭到冷落。谁都不敢跨进门槛一步，约纳斯正在考虑，没有顾客上门，他会不会因此落得个关门大吉，这时，来了两位旅客，终于改变了这种事态。

6月9日夜晚，八点光景，门外面的碰锁被打开了。可是，这扇门里面上了门闩，门开不了。

已经回到他的屋顶间里的约纳斯，急急忙忙下来。他既希望来到面前的是一位客人，又害怕这位客人是个面目狰狞的鬼魂，对此，他不太可能当即拒绝用餐和留宿。

因此，他没有开门，而是隔着大门小心谨慎地先问个清楚。

"谁啊？"他问道。

"两个过路客人。"

"活着的？……"

"活得好好的。"

"您能肯定？……"

"和您一样活蹦乱跳，客栈主先生，可您要是这么残酷地把我们关在门外，那我们不用多久就真得饿死了。"

约纳斯下决心拔掉门闩，两个人跨过了店堂的门槛。

他们进门后的第一件事便是每人要一个房间，打算在维斯特小歇二十四个小时。

约纳斯借着他的灯光，极其细心地打量了刚到的这两位客人，他得以肯定，与之打交道的是人类。对马蒂亚斯国王来说，真是鸿运当头啊！

两位旅客中年轻的那个看上去有三十二岁上下。身材高挑，面容高贵俊美，一双黑眼睛，深栗色头发，一部修得十分优雅的小胡子，神态里带点忧郁和高傲，这一切说明他是个贵族。像约纳斯这样善于鉴貌辨色的客栈主在这方面是不可能搞错的。

再者，当他询问两位客人用什么名字登记的时候：

"弗朗兹·德·泰雷克伯爵，"年轻人答道，"和他的卫士洛茨科。"

"从什么地方来？……"

"克拉约瓦。"

克拉约瓦是罗马尼亚治下的重镇之一,靠近喀尔巴阡山脉南部地区与特兰西瓦尼亚的几个省相毗邻。因此,弗朗兹·德·泰雷克是罗马尼亚人——这一点约纳斯第一眼就看出来了。

至于洛茨科,此人四十来岁年纪,高个子,健壮,浓密的上髭,浓密的头发,粗硬的汗毛,十足的军人风范。他甚至还背了个士兵包,由背带背在双肩上,手里提一只相当轻的旅行袋。

这便是年轻伯爵的全部行装,他作为观光客旅行,经常徒步。这从他的服饰上就能看出来,斜搭着的大衣,头戴一顶羊毛风雪帽,宽大的男式短上装腰间束一条皮带,皮带上挂着瓦拉几亚刀的皮刀鞘,宽大的厚底皮鞋上紧紧地套着护腿套。

这两个旅行者不是别人,他们就是十来天前,牧羊人弗利克在山口道路上遇上的那两个人,当时他们去了雷铁扎特山。他们在那个地区旅行,一直跑到马洛斯边界,登上了大山,然后来到维斯特村稍事休息,以便接下去上溯两条希尔河的谷地。

"您有空房间供我们住吗?"弗朗兹·德·泰雷克问道。

"两个……三个……四个……伯爵先生,想要几个有几个。"约纳斯答道。

"两个就够了,"洛茨科说,"只是这两个房间得是紧邻着的。"

"这两个,看看它们可以吗?"约纳斯打开大店堂尽头的两扇门,接着说。

"很好。"弗朗兹·德·泰雷克答道。

事情很清楚了,约纳斯丝毫不用害怕他的新客人。他们不是超自然的鬼怪,不是装扮成人的精灵。不!这位绅士显然是个高贵的人物,能接待这样的人物永远都是一个客栈主的荣耀。这可是个好时机,它将给

约纳斯借着他的灯光,极其细心地打量了刚到的这两位客人,他得以肯定,与之打交道的是人类。

马蒂亚斯国王带来新的繁荣。

"从我们这儿到科洛斯瓦尔的距离是多少?"青年伯爵问道。

"顺着公路,经过彼得罗萨尼和卡尔斯堡,有约莫五十匈牙利里吧。"约纳斯答道。

"这段路很累人吧?"

"对步行者来说非常累,如果伯爵先生允许我发表一下我的浅陋之见的话,我觉得您需要休息几天才行……"

"我们可以吃晚饭了吗?"弗朗兹·德·泰雷克打断客栈主的劝诱,问道。

"请耐心等待半小时,我将有幸给伯爵先生奉上与他相配的膳食……"

"今儿晚上有面包、葡萄酒、鸡蛋和冷肉就行了。"

"我这就给您上。"

"尽快尽快。"

"马上就好。"

约纳斯正准备去厨房,一个问题把他拦住了。

"您这客栈里好像没什么人来啊?……"弗朗兹·德·泰雷克说。

"确实……伯爵先生,此时此刻,小店一个客人都没有。"

"现在不正是村里人前来喝点小酒,抽抽烟斗的时候吗?"

"时间已经过了……伯爵先生……维斯特村的老百姓母鸡一回窝他们就躺下了。"

他绝不会说出马蒂亚斯国王为什么不见一个客人的缘由。

"你们这个村子不是有四五百居民吗?"

"差不多吧,伯爵先生。"

"可是,我们走在主街道上的时候居然一个喘气儿的都没碰上……"

"只是因为……今天……今天是星期六……而星期天的前夜……"

幸好弗朗兹·德·泰雷克没有追问下去,约纳斯已经不知道怎么回答了。无论如何,他都不会下决心说出真实处境。外国人了解这种事情肯定还为时过早,而他知道他们会以此正当理由急急逃离这可疑的小村庄!

"只要待会儿他们用晚餐的时候,那个声音别再出来插一杠子就行!"约纳斯一边在店堂中间安置餐桌,一边想道。

不一会儿,青年伯爵订下的极其简单的晚餐就已备齐,被端上铺了洁白桌布的餐桌。弗朗兹·德·泰雷克就座,洛茨科按照他们出门在外的惯例坐在他对面。两个人都吃得很香。用完餐,他们各自回房。

由于青年伯爵和洛茨科用餐的时候没有说上十句话,约纳斯便无法插嘴——让他很不爽。再者,弗朗兹·德·泰雷克看上去似乎感情很少外露。至于洛茨科,经观察,客栈主发现,从他嘴里绝对挖不出一点有关他东家家族的情况。

因此,约纳斯便满足于向客人道个晚安了事。只是在回上他的屋顶间之前,他扫视了整个店堂,竖起耳朵不安地谛听屋里屋外的些微动响,心里反复念叨:

"但愿这万恶的声音不要吵扰他们的酣睡!"

这一晚平安无事地过去了。

第二天,天色刚刚放光,两位旅客下榻马蒂亚斯国王的消息便传开了,许多村民来到客栈门口。

弗朗兹·德·泰雷克和洛茨科因为旅途劳顿还在睡觉。看来他们不大可能会在早上七八点钟就起来。

因此,好奇的人们十分焦急,可只要那两位旅客还没有离开房间,他们就没有勇气走进店堂。

钟敲八点的时候,那两位终于现身了。

他们没遇上任何恼火的事情。大家能够看到他们在客栈里走来走去。然后,他们坐下吃早餐。这已不失为令人放心的情景了。

况且,约纳斯就站在大门口,笑容可掬,和蔼可亲地请求他的老顾客们恢复对他的信任。既然光临马蒂亚斯国王的这位旅客是个贵族——还是个罗马尼亚贵族,拜托,出身于罗马尼亚最古老的世家之一——有如此高贵的人在场,他们还能有什么可怕的?

长话短说,科尔兹老爷想到以身作则是他的职责,突然决定显身一试。

九点钟光景,村长稍稍有点迟疑地走了进去。几乎与他同时进去的有海尔莫德老师和另外三四个老客,还有羊倌弗利克。至于帕塔科博士,怎么都无法让他下决心陪他们同往。

"让我再迈进约纳斯家一步,"他曾答道,"想都别想,哪怕他付给我十个弗罗林请我光临!"

这里还应该作个有一定意义的解释:科尔兹老爷之所以答应返回马蒂亚斯国王,其目的不仅仅是要满足好奇的欲望,也不是就想和弗朗兹伯爵搭上关系。不!使之做出这个决定的很大一部分原因是利益。

确实,青年伯爵作为旅行者,必须为他和他的卫士交付过境税。而我们没有忘记,这些税款是直接纳入维斯特第一行政长官的荷包里的。

因此,村长以十分得体的用语提出了他的要求,而弗朗兹伯爵虽然对这个要求有些感到意外,但还是赶紧满足给了对方。

他甚至邀请科尔兹老爷和海尔莫德老师在他的餐桌边坐一坐。这两位推不掉如此彬彬有礼地提出的邀请,便接受了。

约纳斯急忙奉上各种饮料——他最佳的窖藏。维斯特的村民们随即要求请他们也喝一杯。这便足以让人相信,从前的顾客,散落一阵子以后,不用多久又会回到马蒂亚斯国王客栈。

交清过境税之后,弗朗兹伯爵便想知道这种税款收益有多大。

"不像我们希望的那么多,伯爵先生。"科尔兹老爷答道。

"是不是来特兰西瓦尼亚这个地区的外国人很少?"

"确实很少,"村长答道,"可这地方还是值得一探的。"

"这也是我的看法,"青年伯爵说,"我看到的风景,我觉得,足以吸引旅行者的注意。从雷铁扎特山的山顶俯瞰,我很欣赏希尔河的谷地,展现在东面的各个城镇,还有最后由喀尔巴阡山脉封闭的崇山峻岭怀抱中的这个地方。"

"真的很美,伯爵先生,真的很美。"海尔莫德老师说道,"而且,为了让您对这次旅行有个完整的概念,我们建议您登上帕林格山再看看。"

"我怕是没有足够的时间了。"弗朗兹伯爵答道。

"一天就够了。"

"也许吧,可我得去卡尔斯堡,我打算明天早上就走。"

"什么,伯爵先生这么快就要离开我们?"约纳斯带上最亲切的表情说道。

他很希望这两位客人延长他们在马蒂亚斯国王的停歇时间。

"不得不这样啊,"弗朗兹伯爵答道,"再说,待在维斯特对我有什么意义呢?……"

"请相信,我们这个村子还是值得观光客逗留一段时间的!"科尔兹老爷提请注意。

"可是,来这儿的人似乎不多,"青年伯爵反驳道,"这很可能是因为它附近没什么奇特的景致吧……"

"那倒是,没什么奇特的东西……"村长说,他想到了古堡。

"是的……没什么奇特的东西……"老师重复道。

"未必！……未必！……"牧羊人弗利克说。

科尔兹老爷和其他人全都向他投去了责备的目光——尤其是客栈主！他就那么急着要让外国人知道这地方的秘密啊！向他揭示发生在奥尔噶尔高地上的事情，提醒他注意喀尔巴阡城堡，这不是想吓唬他，促使他想赶快离开这个村子吗？而将来，还有哪个旅行者愿意取道伏尔坎山口，深入特兰西瓦尼亚的腹地呢？

真是的，这个羊倌并不比他的羊群里最愚蠢的羊聪明点儿。

"还不住口，笨蛋，还不住口！"科尔兹老爷低声对他说。

可是，青年伯爵的好奇心已经被挑起来了，他直接与弗利克对话，问他那两个带感叹的"未必！"意味着什么。

牧羊人不是个遇事退缩的人，也许，他心下还希望弗朗兹伯爵能给个良好的建议，让这个村子从中得益。

"我说了，未必！……未必！……伯爵先生。"牧羊人道，"我绝不反悔。"

"维斯特附近有什么奇观值得一看吗？"青年伯爵又问道。

"有什么奇观……"科尔兹老爷否认。

"没有！……没有！……"在场的人齐声嚷道。

他们已经想到，再次进入古堡的探险行动少不了会导致新的灾难，他们很害怕。

弗朗兹伯爵不无惊讶地望着这些善良的人们，看到他们的面容以不同刚才的样子，意味深长地表现出了恐惧。

"到底有些什么啊？……"他问道。

"是有些什么，东家。"他的卫士洛茨科答道，"是这样，好像有个喀尔巴阡城堡。"

"喀尔巴阡城堡？……"

"我说了，未必！……未必！……伯爵先生。"牧羊人道，"我绝不反悔。"

"是的！……这个名字是那位牧羊人刚才悄悄在我耳朵边说的。"

说着,洛茨科指了指摇晃着脑袋不太敢看村长的弗利克。

现在,这个迷信的村子的私密生活,它的大墙上已经开了一道口子,用不了多久,它的故事便会整个儿地从那里涌出来。

科尔兹老爷就此事拿定了主意,他还是想由自己来让青年伯爵了解处境,于是,他讲述了关于喀尔巴阡城堡的全部情况。

毋庸赘言,弗朗兹伯爵掩饰不住这番叙述使他感到的惊讶和给予他的感觉。尽管他受到的科学事物的教育,就像和他身份相仿、住在瓦拉几亚穷乡僻壤的城堡里的年轻人一样,相当贫乏,他却是一个头脑清醒的人。因此,他不是很相信灵异显现,总喜欢嘲笑那些传说。一个幽灵出没的古堡,这足以引起他的怀疑。在他看来,科尔兹老爷刚才给他讲述的这些事情中,并没有什么可以大惊小怪的东西,只是一些或多或少的怪事而已,是维斯特村的村民们赋予了它们超自然的原因。主塔楼的黑烟,使劲敲响的乱钟,本来很简单就能说清楚的事情。至于从城堡围墙里发出来的闪光和吼叫声,那纯粹是幻觉效果。

弗朗兹伯爵毫无顾忌地把这些说了出来,一边还开着玩笑,引起听众们的愤慨。

"可是,伯爵先生,"科尔兹老爷提醒道,"还有别的事儿呢。"

"别的事儿?……"

"是啊！进入喀尔巴阡城堡是不可能的。"

"真的?……"

"几天前,我们的护林人和我们的博士,出于对村子的一片赤诚之心,曾想越过它的大墙,他们差点儿为自己的企图付出高昂的代价。"

"他们遇上什么麻烦了?……"弗朗兹伯爵用够挖苦的口吻问道。

科尔兹老爷细细讲述了尼克·戴科和帕塔科博士的遭遇。

"这么说，"青年伯爵说道，"当博士想从壕沟里出来的时候，他的脚被紧紧地抓住在地上，竟至无法往前迈出一步了？……"

"往前一步或者往后一步都不行！"海尔莫德老师补充道。

"你们的博士，他肯定会这么以为，"弗朗兹伯爵反驳道，"紧追他不放的是恐惧……追到他的脚跟了！"

"就算这样，伯爵先生，"科尔兹老爷接着说道，"可是，当尼克·戴科把手搭到吊桥铰链上的时候受到那可怕的一击又作何解释呢？……"

"他是误打误撞挨的这一击吧……"

"误打误撞？"村长接着说，"撞得他从那天以来一直卧床不起……"

"我希望，没有生命危险吧？"青年伯爵急急问道。

"没有……运气啊！"

实际上，这里面有一个具体事实，无可辩驳的事实，而科尔兹老爷等待着弗朗兹伯爵会做出解释。

下面便是他做出的十分明确的回答。

"在我刚才听到的这些情况里，我再说一遍，什么都很简单。毋庸置疑，在我看来，那便是喀尔巴阡城堡已经被人占用了。被谁占了？……我不知道。反正，不是幽灵，而是在那里寻找庇护，需要躲藏起来的人……也许是一些歹徒……"

"歹徒？……"科尔兹老爷嚷道。

"这是很可能的，他们绝不愿意让别人注意到他们在那儿，便希望别人以为古堡有超自然的东西出没。"

"什么，伯爵先生，"海尔莫德老师答道，"您认为？……"

"我认为，这地方的人都很迷信，城堡里的来客知道这一点，他们想以这种方式警告不速之客的探访。"

事情很可能就是这样发生的。然而，在维斯特，这种解释却没人听

得进去,这也并不奇怪。

青年伯爵清楚地看到他根本就没有说服那些不想听取规劝的听众,因此,他最后加了一句:

"既然各位不想听从我的解释,先生们,那就请各位继续相信你们愿意相信的关于喀尔巴阡城堡的一切好了。"

"我们相信我们所见到的,伯爵先生。"科尔兹老爷答道。

"以及实际情况。"老师补充道。

"行,不过,说真的,我很遗憾抽不出二十四个小时,因为,我和洛茨科倒是很想去你们那个了不起的古堡看看,我向你们保证,我们肯定很快就能知道我们坚信的是什么玩意儿……"

"探访古堡!?……"科尔兹老爷嚷道。

"毫不犹豫,就算魔鬼本人也阻止不了我们进入它的围墙。"

听到弗朗兹伯爵以如此肯定的语句,甚至满不在乎的口气说出自己的想法,所有的人都被另一种恐惧吓坏了。像这样肆无忌惮地对待古堡幽灵,不正是要给村子惹是生非吗?……那些精灵听不到在马蒂亚斯国王客栈里说的话吗?……那个声音会不会第二次在这儿响起呢?

说到这一点,科尔兹老爷告诉青年伯爵,护林人在怎样的情况下,被指名道姓地遭到威胁。他被威胁说,如果他竟敢动揭露古堡奥秘的念头,将受到可怕的惩罚。

弗朗兹伯爵对此只是耸耸肩膀,然后,他站起身说,在这个店堂里,从来就不会有像他们所断言的那样听到过什么声音。这一切,他深信,全部存在于顾客们过于轻信,稍稍过于贪恋马蒂亚斯国王的烧酒导致的想象之中。

说到此,有几位客人朝门口走去,这个年轻的怀疑论者竟敢坚持这样的观点,他们不想再在这地方待下去了。

弗朗兹伯爵打了个手势拦住他们。

"先生们,毫无疑问,"他说,"我发现维斯特村已被恐惧所左右。"

"而这并不是无缘无故的,伯爵先生。"科尔兹老爷答道。

"那么,一劳永逸地挫败,按照各位的看法,是在喀尔巴阡城堡实施的阴谋诡计的办法也就很明确了。后天,我将到达卡尔斯堡,如果各位愿意,我将报告城市当局。他们会给你们派出一个班的宪兵或者警察,而我向你们保证,这些勇士完全有能力进入古堡,赶走玩弄你们的恶作剧者,或者逮捕正在筹划阴谋的歹徒。"

再没有比这个建议更易于接受的了,然而,他居然不合维斯特头面人物们的口味。按照他们的信念,宪兵也好,警察也好,甚至派军队来都不可能制服采用超自然手段自卫的超自然生灵。

"可是,我想起来了,先生们,"青年伯爵又说道,"你们还没有告诉我,喀尔巴阡城堡是属于,或者以前曾经是属于谁家的?"

"属于本地一个古老的世家,戈尔茨男爵家族。"科尔兹老爷答道。

"戈尔茨家族啊?……"弗朗兹伯爵叫了起来。

"正是!"

"就是鲁道尔夫男爵的那个家族吗?……"

"是的,伯爵先生。"

"那你们知道他现在怎么样了吗?……"

"不知道。戈尔茨男爵已经有很多年没有出现在城堡里了。"

弗朗兹·德·泰雷克伯爵的脸色一下子变得煞白,他下意识地用颤抖的嗓音念叨起这个名字:

"鲁道尔夫·德·戈尔茨!"

第 9 章

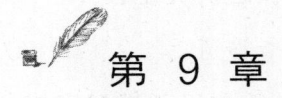

泰雷克伯爵家族是罗马尼亚最古老、最显赫的家族之一,在十六世纪初叶,这个国家取得独立之前就已经占有重要地位。这个家族参与了构成那些省份历史的所有政治变革,它的名字被光荣地镌刻在历史上。

目前,泰雷克家族的境遇却不如喀尔巴阡城堡那棵有名的山毛榉。山毛榉上还剩有三根枝杈,泰雷克家族却只剩下了一个支脉,克拉约瓦的泰雷克,而刚来到维斯特村的这位青年贵族则是它最后的一根苗。

弗朗兹童年的时候从来没有离开过祖传的城堡,那里居住着泰雷克伯爵和伯爵夫人。这个家族的后裔享有广泛的尊重,他们也慷慨使用他们的财富。他们过着乡村贵族宽裕轻松的生活,一年几乎也就一次,因为事务上的需要,离开克拉约瓦领地,前往以这个名字命名的市镇,虽说这个镇离他们家也只有几匈牙利里。

这样的生活必然会影响到他们独子的教育,而弗朗兹也将久久地受到他度过青年时代的环境的影响。只有一位意大利老教士为他启蒙,老人家也只能把自己知道的那点东西教给他。他知之不多啊。因此,从孩提时期步入青年,他在科学、艺术和当代文学方面所获得的知识很不够。弗朗兹热衷于打猎,不分黑夜白天地奔走在森林里和原野上,追逐麋鹿和野猪,手持利剑,进攻山上的猛兽。这便是小伯爵平日里的消遣。他非常勇敢、果断,在这些艰苦的训练中取得过真正的功绩。

弗朗兹热衷于打猎,不分黑夜白天地奔走在森林里和原野上,追逐麋鹿和野猪,手持利剑,进攻山上的猛兽。

在儿子刚满十五岁的时候,伯爵夫人去世了;接着,他还不满二十一岁,老伯爵便在一次狩猎中意外死亡。

年轻的弗朗兹痛苦到了极点。他像哭泣母亲一样又一次为父亲悲伤落泪。在短短几年里,两个老人一前一后从他身边被夺走了。他全部的柔情,封闭在他心里的全部的情感冲动,迄止此时集中在对父母的爱上,这对童年和青少年时代膨胀的需求尚能满足。然而,当这种爱对他不复存在的时候,他没有朋友,他的家庭教师又亡故了。在这个世界上,他便成了孤家寡人。

青年伯爵在克拉约瓦城堡里又待了三年,他不愿离去。他喜欢在那里生活,不想为自己建立任何外界的关系。只是因为要处理一些事情而不得不去了一两次布加勒斯特。况且去的时间也很短,因为他急着要返回他的领地。

可是,生活不能老是这样持续下去,弗朗兹终于感到自己需要扩大被罗马尼亚的群山紧紧局限的视野。他要从那儿飞出去。

当青年伯爵下决心出门旅游的时候,他将近二十三岁。他的财富对于满足他新的兴趣该是绰绰有余的。有一天,他把克拉约瓦城堡托付给家里的老用人,离开了瓦拉几亚。他带上了洛茨科,罗马尼亚的老兵,后者十年来一直为泰雷克家族效力,是他每次狩猎的伙伴。这个人勇敢而坚毅,对主人忠心耿耿。

青年伯爵的意图是跑遍欧洲大陆,在各国首都和重要城市小住几个月。他不无理由地认为,他的教育,在克拉约瓦城堡刚刚起步的教育,将能在旅游课程中得到补充和完整,他细细准备了出游计划。

意大利是弗朗兹·德·泰雷克想要前往的第一个国家,因为,他的意大利语讲得相当流利,这是老教士教给他的。这块拥有如此丰富的历史遗迹的地方尤其令他向往，它的诱惑力之大，使他竟在那里待了四年。他离开威尼斯，无非是为了去佛罗伦萨，离开罗马，无非是为了去那不勒斯，他不停地往回于这些艺术中心之间，无法从中脱出身来。法国、德国、西班牙、俄罗斯、英国，他将放到以后再去，他觉得，当年龄使他的思想更加成熟的时候，他研究这些国家甚至将获益更多。相反，要欣赏意大利各大城市的魅力，需要的是全部的青春和热情。

弗朗兹·德·泰雷克最后一次去那不勒斯的时候是二十七岁。他只打算在那里待几天，然后前往西西里。他想以勘察古老的特利纳克里亚来结束他的意大利之旅。然后，他将返回克拉约瓦城堡休息一年。

一个出乎意料的情况不仅改变了他的安排，对他的生活起到了决定性的作用，而且更动了他的命途。

在意大利生活的这几年里，如果说青年伯爵在科学领域所获甚少——他觉得自己在这方面毫无天赋可言；那么，至少，他发觉了自己的审美感，就像盲人见到了光明。当他参观那不勒斯、威尼斯、罗马和佛罗伦萨的博物馆的时候，向灿烂辉煌的艺术敞开心扉的他在绘画杰作前欣喜若狂。同时，歌剧院使他了解到那个时代的音乐作品，他迷上了大牌艺术家们的表演。

就在他最后一次逗留那不勒斯期间，在我们即将交代的特殊情况下，一种性质更为隐秘、穿透力更强的情感攫取了他的心。

那时候，在圣卡罗剧院有一个著名女歌星斯蒂拉，她清纯的嗓音、完美的台风和歌剧表演技巧赢得了音乐艺术爱好者们的赞誉。直至此时，斯蒂拉还没有去国外寻求过采声，除了作曲艺术中重登一流的意大利音乐，她不唱别的歌曲。托里诺①的卡里格南剧院，米兰的斯卡拉，威尼斯

---

① 即都灵。

的菲尼斯,佛罗伦萨的阿尔菲耶里剧院,罗马的阿波罗剧院,那不勒斯的圣卡罗,轮流拥有她的演出。她的成功并没有给她留下没有在欧洲其他剧院登台的遗憾。

斯蒂拉当时二十五岁,是个美得无与伦比的尤物,她金色的长发,清纯的容颜,温暖的肤色,深邃的黑眼睛,眼睛里闪着火焰。她的体态比普拉克西特列斯①雕琢得更完美。这个女人使世界又产生了一位卓越的艺术家,又一位玛丽布兰②,缪塞也能为她写下:

  你的歌声带走痛苦直上九天!

这位最令人爱慕的诗人在他不朽的诗句里还赞美这个声音说:

  ……唯有这心灵的声音能直达心灵,

斯蒂拉的声音就是这样的,它的华丽难以用言语表述。

这位大艺术家,她能如此完美地表现出爱情的抑扬顿挫,心灵最强烈的喜怒哀乐。据说,她的心却从来没有过这种情感的反应。她还从来没有爱过,她的眼睛从来没有回应过千百双投向舞台、投向她的目光。她仿佛只想生活在她的艺术里,只为她的艺术生存。

弗朗兹从第一次见到斯蒂拉起就感到了初恋不可抗拒的冲动。因此,他游历了西西里之后,便放弃了既定的离开意大利的计划,决定留在

---

① 普拉克西特列斯(活动时期公元前370—前330),希腊最具创造性的艺术家之一,雕刻家。他变雄伟风格为优美风格。他的《科尼杜斯的阿佛洛蒂忒》大胆创新,雕塑了一个完美的裸体女神,是他最精美的作品。

② 玛丽布兰(1808—1836),西班牙裔法国女歌星。诗人缪塞(1810—1857)在她死后写了一首诗《致玛丽布兰》。

那不勒斯,直至歌剧季节结束。就像有一根无形的绳索——他无力扯断的绳索——把他拴在了女歌星的身上。他每场演出必到,观众的热情把这些演出变成了真正的胜利。好几次,他克制不住自己的情感,试图挤到她身边去,然而,斯蒂拉的门就像对那么多狂热的粉丝一样,对他冷酷地关闭着。

由此,青年伯爵很快便成了最让人怜悯的人。他一心就想着斯蒂拉,只为了见到她的身影和听到她的歌声活着,不想在他的姓氏和财富召唤他前往的这个世界上为自己建起人脉。处于这种思想高度集中,心情十分紧张的情况下,他的身体没过多久便遭到了严重的伤害。我们尽可想象,如果他有个情敌,他都能够忍受下来。然而,这是他知道的,没人能给他带来阴影——只有一个相当奇怪的人。这个故事的跌宕波折需要我们先认识一下此人的相貌,了解一下他的性格。

此人年龄在五十至五十五岁之间,——我们设想是这样,至少,在弗朗兹·德·泰雷克最后一次去那不勒斯旅行的时候那人是这个年纪。他感情很少外露,至少表现出置身于被上层阶级所接受的那些社会习俗之外的样子。关于他的家族、地位、过去,大家一无所知。人们今天碰见他在罗马,明天发现他到了佛罗伦萨;必须说明的是,这要看斯蒂拉是在佛罗伦萨还是在罗马。实际上,大家只知道他就热衷于一件事:聆听当时在歌唱艺术上挂第一块牌子的红得发紫的主要女演员的歌声。

如果说弗朗兹·德·泰雷克从那天在那不勒斯的剧院里见到斯蒂拉后就只为她而活着,那么,这位怪癖的音乐爱好者都已经有六年只为了聆听她的歌声而活着了。他觉得女歌星的声音已经变得像他呼吸的空气一样不可或缺。他从来都不寻求在舞台外的任何地方见到她,从来都不想去她家登门造访,也从没给她写过信。然而,每当斯蒂拉有演出,不管是在意大利的哪个剧院,总能看到有一个身材挺拔的人,裹着深色的

长外套,一顶宽边帽遮着脸庞,从检票员前匆匆走过。这个人急急步入一个为他预订的装有栅栏的包厢深处就座。他把自己关在里面,在整场演出中,默默地一动不动。然后,一旦斯蒂拉唱完她的最后一曲,他就急急忙忙地离去,别的男女歌星谁都留不住他,他听都不会听他们的。

这位始终相伴的观众是谁?斯蒂拉总想知道却徒劳无功。因此,生性敏感的她最终由于这个怪人的在场惊恐不已——没有理由却非常现实的惊恐。虽然她看不见在包厢深处的他,他也从不把栅栏放下来,但她知道他在那儿,她感到他咄咄逼人的目光凝望着她,骚扰得她连观众欢迎她上场的喝彩声都听不进去了。

我们说过这位先生从来没有去找过斯蒂拉。可是,如果说他并不竭力寻求认识这个女人——这一点是我们要特别强调的——所有能让他记起这位艺术家的事物却是他始终不渝地在意的。就这样,他拥有著名画家米歇尔·格雷高里奥所画的女歌星最美的画像,画中人多情、激动、超凡脱俗,扮演着她最美丽的角色之一。这幅画像是他花了等量的黄金买下来的,值得它的欣赏者付出的这个价。

如果说这个怪人去他的包厢看斯蒂拉的演出时独来独往,如果说他只是为了去剧院才出门,我们可不能由此得出结论,认为他绝对是一个人过日子。不,他有个伴儿,和他一样怪诞,和他一起生活。

这个家伙叫奥尔伐尼克。他多大年纪?从哪儿来?生于哪儿?这三个问题谁都回答不上来。听他说来——因为他喜欢聊天——他是个怀才不遇的学者,他的天才没能告白于天下。他这样的学者都憎恶这个世界。我们不无道理地推测,他是个由富裕的音乐爱好者的钱袋慷慨地支持的可怜的发明家。

奥尔伐尼克中等个儿,瘦削,体格孱弱,骨瘦如柴,脸色苍白,在老话里这种脸被称作"鹰嘴豆脸"。特殊的记号,他的右眼上戴了个黑眼罩,这只右眼大概是在做物理或者化学试验的时候炸掉的,而在他的鼻梁上,夹了一副厚厚的眼镜,唯一的一个近视镜片供左眼使用,镜片后面闪烁着绿莹莹的目光。在他独自一人散步的时候,他会指手画脚,仿佛在跟一个无形的人夸夸其谈,这个人却只听不作答复。

这两个家伙,怪诞的音乐迷和不比他正常的奥尔伐尼克,在这些戏剧季节有规律地召唤他们前往的意大利城市里十分出名,至少,能多有名气就多有名气。他们生来就特能激起公众的好奇,而尽管斯蒂拉的欣赏者总是把不知趣的记者们和他们采访拒之门外,人们最终还是知道了他的名字和国籍。这个人祖籍罗马尼亚,而当弗朗兹·德·泰雷克问起他叫什么名字的时候,人家回答他说:

"鲁道尔夫·德·戈尔茨男爵。"

青年伯爵刚到那不勒斯的时候,情况就是这样。两个月以来,圣卡罗剧院场场客满,斯蒂拉的成功逐日递增。她在保留节目里扮演不同角色,她从没显得如此的令人赞赏,从没激起过如此热情的欢呼。

在每一场演出过程中,弗朗兹坐在他正厅的软椅上的时候,戈尔茨男爵便躲在他的包厢深处,沉浸在这美妙的歌声里,让这富有穿透力的嗓音流遍他的全身,没有这个声音,他仿佛就活不下去了。

即在此时,那不勒斯流传开了一个说法——一个让公众不愿意相信的说法,但它最终还是让音乐爱好者的世界警觉起来。

据说这个季节结束后,斯蒂拉将退出舞台。什么?在她的才华得到充分的发挥,她的美丽臻于完善,她的艺术生涯达到顶峰的时候,她考虑退出,这怎么可能?

尽管这是多么难以令人置信,它却是真的,而且,毋庸置疑,戈尔茨男爵是她做出这个决定的部分原因。

这位举止神秘的观众,尽管藏身在他包厢的栅栏后面不被人看到,

却始终在那儿,他最终地导致斯蒂拉无法摆脱的神经质的激动。她抵御不住了。她一上场便感到强烈的震撼,强烈到这种骚扰,在观众看来十分表象的骚扰,渐渐地伤及她的健康。离开那不勒斯,逃到罗马、威尼斯,或者亚平宁半岛上的其他任何城市里去。她知道,这样做不足以把自己从戈尔茨男爵的到场中脱出身来。甚至抛开意大利去德国、俄罗斯或法国,她都躲不开他。她去哪里唱歌,他就会跟到哪里,因此,要从这纠缠不清的烦恼中解脱出来,唯一的办法只有放弃舞台。

然而,两个月之前,即在她退出舞台的说法传开之前,弗朗兹·德·泰雷克就已经下定决心要对女歌星有所表白。这个表白的后果,很不幸,将带来最不可弥补的灾难。自由之身,又拥有大笔财富,他已做到了让斯蒂拉在家里接纳他,他提出了请她当他的泰雷克伯爵夫人的请求。

斯蒂拉并非不知道长久以来她在青年伯爵心中激起的情感。她心下思忖,这是个绅士,不管是哪个女人,哪怕是最高阶层的,都会因为能把自己的终身托付给他感到幸运。因此,在这种心理准备之下,当弗朗兹·德·泰雷克向她奉上自己的姓氏时,她毫不寻求掩饰,愉快地接受了。她带着对他的情感完全信赖的心情,答应成为泰雷克伯爵的妻子,并且并不遗憾离开她歌剧演员的生涯。

因此,这个消息是真的,一旦圣卡罗的戏剧季结束,斯蒂拉就不会再出现在任何舞台上了。人们曾经怀疑过她的婚事,这时便确定无误了。

想象得到,这不仅在演艺界,而且在意大利的上流社会都引起了异常的反应。在拒绝相信这个传闻能够实现之后,现在不得不依从了。这时,嫉妒和仇恨之火都朝向青年伯爵烧来,因为他夺走了她的艺术,她的成就,音乐爱好者们崇拜的偶像,当代最杰出的女歌星。从而导致有些人对弗朗兹·德·泰雷克发出威胁。对于这些恐吓,年轻人不屑一顾。

然而,如果说在公众里出现的是这种情况,那么,可以想象,鲁道尔夫·德·戈尔茨想到斯蒂拉将被从他眼前夺走,他将失去维系他的生命的一切,他会有什么样的感受呢?流传的说法是他试图以自杀来一了百了。这一点得到了肯定,因为,从这一天起,人们再也看不到奥尔伐尼克奔走在那不勒斯的大街小巷。他再也不离开鲁道尔夫男爵的左右,甚至有好几次,他和他东家一起关在圣卡罗剧院男爵每次演出所占有的包厢里——这是以前从来没有出现过的情况,像许多别的学者一样,他对音乐的魅力完全无动于衷。

可是,时间一天天流逝,心情却平静不下来,到斯蒂拉最后一次出现在舞台上的那晚,这种心情将达到极点。斯蒂拉将扮演阿尔克纳第大师的杰作《奥兰多》里安琪莉嘉这个崇高的角色,她将以这个形象向公众告别。

那天晚上,圣卡罗剧院再扩大十倍都容纳不下挤在门口的观众,大部分人不得不待在广场上。人们担心会发生针对泰雷克伯爵的示威,若不是在斯蒂拉在台上的时候,至少也是在歌剧第五幕落幕的时候。

戈尔茨男爵还是在他的包厢里就座,奥尔伐尼克还是在他身边。

斯蒂拉上场,她从未有过如此的激动。然而,她克制住了,全身心地投入她的感悟,她以无可匹敌的才华,那么完美地歌唱,绝代风华,难以言述。她在观众中激起的无法描述的热情达到了疯狂的程度。

演出期间,青年伯爵待在后台深处,他焦急、紧张、兴奋,克制不住自己,诅咒着这场演出进行得太缓慢,因为掌声喝彩声和一次次谢幕导致的迟延而发火。啊,把这个将成为泰雷克伯爵夫人的女人从舞台上带走,带着她远走高飞,跑得远远的,远到只有他和她在一起,属于他一个人所有,这一刻怎么还迟迟不到啊!

它到了,这激动人心的一场,《奥兰多》的女主人公在这一场里死去。阿尔克纳第绝妙的乐曲显得从未有过这样沁人心脾,斯蒂拉的表演也

演出期间，青年伯爵待在后台深处，他焦急、紧张、兴奋，克制不住自己，诅咒着这场演出进行得太缓慢，因为掌声喝彩声和一次次谢幕导致的迟延而发火。

从来没有过这么丰富的情感。她全部的心灵仿佛从红唇间喷涌而出……然而，此时，这个不时的心痛欲裂的声音即将被粉碎，人们再也听不到它了……

这时候，戈尔茨男爵包厢的栅栏放了下来，露出一张奇怪的脸，花白长发，一双冒着烈焰的眼睛。他那着迷的面容十分吓人。弗朗兹从后台深处看到他被灯光照着，这种情况是他从未遇见过的。

斯蒂拉正任由终曲爬升的密接和应带向全部的激情……她刚刚带着激越的情感重复这句：

> 我那迷恋的心在颤抖，我要死去……①

突然，她停下了……

戈尔茨男爵的像貌把她吓坏了……解释不清的恐惧使她瘫痪……她急急把手捂到嘴巴上，嘴巴已经被鲜血染红……她一个趔趄……她倒下了……

观众们站起身，心突突直跳，慌乱无措，不安到了极点……

从戈尔茨男爵的包厢里发出一声惊叫……

弗朗兹冲上舞台。他抱住斯蒂拉，把她扶起来……他望着她……呼唤着她……

"死了！……她死了！……"他大声疾呼，"她死了啊！……"

斯蒂拉死了……她有一条心脏血管破裂……她的歌声熄灭在她的最后一声叹息里！

青年伯爵被送回旅馆，他那副样子真让人为他的神志担忧。在那不

---

① 原文为意大利语。

勒斯广大民众的协助下举行了斯蒂拉的葬礼,他没能参加。

在女歌星下葬的新圣地公墓,人们只能看到镌刻在一块大理石墓碑上的这个名字:

斯蒂拉

葬礼那天晚上,有一个人去了新圣地。他在那里耷拉着脑袋,目光迷茫,双唇紧闭,就像它们已经被死亡封住了。他久久地望着埋葬了斯蒂拉的那块土地。他仿佛在侧耳细听,仿佛大明星的声音就要从这个坟茔里最后一次扬起……

这个人便是鲁道尔夫·德·戈尔茨……

就在那天晚上,戈尔茨男爵在奥尔伐尼克的陪同下离开了那不勒斯,而从他离去后,谁都不知道他后来怎么样了。

然而,第二天,有一封信送到了青年伯爵的住处。

这封信里只有两句话,包含着一个简洁明了的威胁:

是您杀了她!……泰雷克伯爵。您该死!
鲁道尔夫·德·戈尔茨

这时候，戈尔茨男爵包厢的栅栏放了下来，露出一张奇怪的脸，花白长发，一双冒着烈焰的眼睛。他那着迷的面容十分吓人。

第 10 章

这便是那个悲惨的故事。

有一个月时间,弗朗兹·德·泰雷克生命垂危。他谁都不认得了——就连他的卫士洛茨科。体温烧到最高的时候,从他行将吐出最后一口气的微微张开的唇间就只呢喃着一个名字,那便是斯蒂拉。

青年伯爵逃过了死亡。医生们高明的医术,洛茨科衣不解带的照料,以及,他的年轻和健康体质,致使弗朗兹·德·泰雷克得救了。他的神智经受住了这个可怕的打击,依然完好无损。然而,在他恢复记忆之后,当他回忆起《奥兰多》悲惨的最后一场戏,女歌星身心陨灭的情景,他仍然会大叫:

"斯蒂拉!……我的斯蒂拉啊!……"同时,他伸出双手,仿佛还要为她鼓掌。

洛茨科从他的主人能够下床的那一刻起,便征得同意,赶快离开那个该死的城市,让人把他们运回克拉约瓦城堡去。然而,离开那不勒斯之前,青年伯爵想去死者墓前祈祷,向死者作最后的、永远的辞行。

洛茨科陪伴他去了新圣地。弗朗兹扑到那块残酷的土地上,拼命地用手指刨着,想让自己也躺进去……洛茨科使出好大的劲儿才拖着他远离了那座埋葬了他全部幸福的坟墓。

几天后,弗朗兹·德·泰雷克回到在瓦拉几亚腹地的克拉约瓦,重又见到了他家族古老的领地。在那座城堡里,他在完全的孤独中,生活了五年。他拒绝走出城堡的大门。不管是时间,还是距离,都没能减轻他的痛苦。他需要遗忘,可是,办不到。对斯蒂拉的回忆恍若昨天,还是那么根深蒂固,它已经与他的生命化作一体。这种伤口只有到死亡才能愈合。

然而,在这个故事开始的那段时期,青年伯爵离开城堡已经有几个星期了。洛茨科花了多长的时间,多少次恳切的要求,让他的东家下决心中断这种使他日渐衰弱的孤独啊!弗朗兹做不到让自己平息下来,那好,至少他洛茨科必须试试排解他的痛苦。

他们制订了一个旅行计划,先去特兰西瓦尼亚各省走一走。将来——洛茨科这么希望——青年伯爵能同意再去欧洲各国跑一跑,继续被那不勒斯悲惨的变故打断的旅行。

就这样,弗朗兹·德·泰雷克起程了。这一次是作为观光客,只是做一番短时间的探察。他和洛茨科来到瓦拉几亚平原,一直爬上巍巍的喀尔巴阡山脉,走进伏尔坎山口的峡道之间。接着,登上雷铁扎特山之后,穿过马洛斯河山谷作了一番跋涉。这才来到维斯特村休息,下榻在马蒂亚斯国王客栈。

我们已经知道,弗朗兹·德·泰雷克来到这里的时候,村民们处于怎样的精神状况之中,他是怎样得知了以古堡为舞台的那些不可理解的事情的。我们还知道,刚才他怎样得知那城堡属于鲁道尔夫·德·戈尔茨男爵所有。

青年伯爵对这个名字做出的反应是那么明显,这是科尔兹老爷和其他头面人物不可能没有注意到的。因此,伯爵的仆人洛茨科真想把这个如此不合时宜地说出那个名字和讲述了他那些愚昧的故事的科尔兹老爷打发去见魔鬼。命运怎么就这么捉弄人,偏偏把弗朗兹·德·泰雷克恰

好带到喀尔巴阡城堡附近的这个维斯特村来!

青年伯爵保持沉默。他的目光从一个人身上转到另一个人身上,太明显地说明他内心深深的、怎么也平息不了的混乱。

科尔兹老爷和他的朋友们明白,在泰雷克伯爵和戈尔茨男爵之间肯定存在着什么神秘的瓜葛。可是,他们再好奇,也还是保持着适当的克制,没有因为想多知道一些打破砂锅问到底。后来,他们明白了自己该怎么做。

不一会儿,他们全都离开了马蒂亚斯国王客栈,心里为这一连串不寻常的遭遇——对村子根本不能算好兆头的遭遇——忐忑不安。

而且,现在,青年伯爵知道了喀尔巴阡古堡是属于谁的,他还会实践他的承诺吗?一旦到了卡尔斯堡,他还会去政府当局报告,请求他们的介入吗?这便是村长、老师、帕塔科博士和其他人纠结的问题。不管怎么样,如果他不干了,科尔兹老爷就决定自己去。警察局得到报告后,会前来探察古堡,他们将弄清楚古堡里是鬼魂出没还是住着歹徒。总之,村子可不能再久久地处于这样的困扰之中了。

在多数村民看来,确实,这种事情干了也白干,是个无效的措施。进攻灵异?!……宪兵们的军刀会像是玻璃做的那样容易断裂,他们的枪也会枪枪放空!

弗朗兹伯爵一个人待在马蒂亚斯国王的大店堂里,沉浸在戈尔茨男爵这个名字如此痛苦地勾起的回忆流之中。

他显得十分沮丧地陷在一把软椅里整整一个小时才站起身来,离开客栈,朝平台尽头走去,望着远方。

在奥尔噶尔高地的中心,帕莱萨圆顶上,矗立着喀尔巴阡古堡。那个奇怪的人物——圣卡罗的观众——引起不幸的斯蒂拉不可克服之恐惧的人曾经在那里居住。可是现在,古堡被抛弃了,而戈尔茨男爵,自从

弗朗兹伯爵和洛茨科来到瓦拉几亚平原，一直爬上巍巍的喀尔巴阡山脉，走进伏尔坎山口的峡道之间。

他逃离那不勒斯后就没有回来过。人们甚至都不知道他现在怎么样了,有可能在明星艺术家暴卒后,他也结束了自己的生命。

就这样,弗朗兹迷失在假设的旷野中,不知道该在哪儿驻足。

另一方面,护林人尼克·戴科的遭遇在某种程度上依然纠缠在他心头,他很想揭穿其中的奥秘,即使只是为了平息维斯特村老百姓们的不安。

因此,由于青年伯爵断定是歹徒们把古堡用做了他们的巢穴,他决定实践他许下的诺言,报告卡尔斯堡警察当局,揭穿那些假幽灵的阴谋诡计。

然而,为了能够进一步采取行动,弗朗兹想拥有这一个案更加详尽的细节。最好是去找一下年轻的护林人本人。为此,下午三点光景,在返回马蒂亚斯国王之前,他去了村长家。

科尔兹老爷因为能接待他感到十分荣幸——一位像泰雷克伯爵先生这样的贵族……罗马尼亚民族一个世家贵胄的后裔……维斯特村将受惠于他而重新获得太平……还有繁荣昌盛……因为观光客们会再次来到这儿旅游……并且缴纳过境税,不用害怕喀尔巴阡古堡的精灵作恶……

弗朗兹·德·泰雷克感谢科尔兹老爷的称颂之言,便请求,如果没有什么不妥之处的话,为他引见尼克·戴科。

"毫无不妥之处,伯爵先生,"村长答道,"这个善良的小伙子身体已经好得不能再好了,用不了多久他就能重新回到他的岗位。"

接着,他转过身去,招呼刚刚走进客厅的女儿,问道:

"是这样吗,米里奥塔?"

"要是这样就好了,我的父亲!"米里奥塔用激动的声音答道。

弗朗兹被女孩向他做出的优雅的一躬所动。他看到她还在为自己的未婚夫担忧，便急忙问了几个问题。

"据我所听到的，"他说，"尼克·戴科并没有受到严重的伤害……"

"是的，伯爵先生，"米里奥塔回答道，"感谢上帝保佑！"

"你们在维斯特有个好医生吗？"

"哼！"科尔兹老爷说，他的语气里可见对这个检疫所的前护士没有什么好感。

"我们有帕塔科博士。"米里奥塔答道。

"就是陪伴尼克·戴科一起去喀尔巴阡古堡的那个人吗？"

"是的，伯爵先生。"

"米里奥塔小姐，"这时，弗朗兹说道，"为了您未婚夫的利益，我想见见他，了解那次遭遇的更加确切的细节。"

"即使让他受点累，他都会很乐意把那些细节详尽地告诉您的……"

"哦，我不会过分地利用他的热情的，米里奥塔小姐，我绝不会做出任何有损于尼克·戴科的举动。"

"这我知道，伯爵先生。"

"你们的婚礼将在什么时候举行？……"

"两个星期之后吧。"村长答道。

"届时，我将很乐意前来观礼，当然，要看科尔兹老爷是不是有意邀请我了……"

"伯爵先生，荣耀之至啊……"

"两个星期后，说定了，我可以肯定，到那时，尼克·戴科已经痊愈，他可以让自己在美丽的未婚妻陪伴下出去转一圈了。"

"上帝保佑他，伯爵先生！"姑娘红着脸答道。

而此时，她迷人的脸庞却表露出一种如此明显的忧虑。弗朗兹问她在担心什么：

"是的,愿上帝保佑他,"米里奥塔答道,"因为,在他不顾魔鬼们的抵御想要闯进城堡的时候,尼克得罪了它们!……谁知道它们会不会一辈子缠着他,折磨他……"

"哦,因为这个呀,米里奥塔小姐,"弗朗兹答道,"我答应您,我们一定会妥当处理的。"

"不会让我可怜的尼克再遇上什么事儿吧?……"

"不会,多亏有警察。用不了几天,我们就能在古堡里到处跑了,就像在维斯特的广场上行走一样安全!"

青年伯爵觉得眼下跟这些心怀成见的人探讨超自然灵异的问题还不是时候,便恳请米里奥塔带他去护林人的房间。

这也正是姑娘急着要做的,她把弗朗兹单独留下,和她的未婚夫在一起。

尼克·戴科早就得知有两个旅行者来到了马蒂亚斯国王客栈。他坐在一把像司机室一样宽大的旧软椅上,站起身来迎接他的访客。由于他几乎已经不再感到一时间出现的麻痹,他已经能够回答泰雷克伯爵向他提出的问题了。

"戴科先生,"弗朗兹和年轻的护林人友好地握过手之后说道,"我首先要请问您的是,您相不相信喀尔巴阡古堡里有鬼怪出没?"

"这是我不得不相信的事,伯爵先生。"尼克·戴科答道。

"那么,是它们阻止您越过古堡的大墙啦?"

"我对此并不怀疑。"

"请问,为什么?……"

"因为,如果不是鬼魅作祟,我碰上的事情便无从解释了。"

"请您给我讲讲这件事,经过情况一点都不要疏漏。好吗?"

"乐意奉告,伯爵先生。"

"戴科先生,"弗朗兹和年轻的护林人友好地握过手之后说道,"我首先要请问您的是,您相不相信喀尔巴阡古堡里有鬼怪出没?"

尼克·戴科从细枝末叶开始讲述对方要听的事件。他所说的只能是进一步确认了弗朗兹在马蒂亚斯国王客栈里与人们交谈中得知的那些事实。……我们已经知道,青年伯爵做出了那些都是纯属自然现象的解释。

总之,那晚上所遭遇的情景,如果说是因为占据了古堡的人——歹徒或者恶作剧者——拥有能够产生那些魔幻效果的机械装备的话,这一切便很容易解释清楚了。至于帕塔科博士奇怪地断言,自己被什么无形的力量拴在地上了,我们可以说,这位博士遭到了幻觉的拨弄。事实很可能是他那两条腿因为被吓疯了而动弹不得。这便是弗朗兹向年轻的护林人做出的说明。

"伯爵先生,"尼克·戴科答道,"怎么可能就在这个胆小鬼想要逃跑的时候,他的两条腿迈不开了呢?这不大可能啊,您会认为这件事……"

"那好吧,"弗朗兹又说,"我们姑且认为他的脚是被藏在沟底乱草丛中的捕兽器给夹住了……"

"当捕兽器合上的时候,"护林人答道,"它会把你伤得很惨,它会撕烂你的皮肉,而帕塔科博士的脚上却没有受伤的痕迹。"

"您的意见是正确的,尼克·戴科,可是,请相信我,如果说博士真的脱不出身来,那是因为他的脚被像这样的东西抓住了……"

"那我倒要请问,伯爵先生,一个捕兽夹怎么会自己张开放博士走呢?"

弗朗兹很尴尬,答不上来。

"再者,伯爵先生,"护林人又说道,"我们且不说牵涉到帕塔科博士的事儿,无论如何,我总能肯定我亲身经历的事情吧。"

"是的……把那位善良的博士且放在一边,就说说您的遭遇吧,尼克·戴科。"

"我遇上的事情就很明显了。毫无疑问,我狠狠地挨了一击,而发出这一击的方式不像是自然的。"

"您身上没有任何受伤的迹象吗?"弗朗兹问道。

"丝毫没有,伯爵先生,可是,我受到的那一击力量很猛……"

"那正好是在您把手放到吊桥铁挂钩上的时候吗?……"

"是的,伯爵先生,而且,我刚一碰到就仿佛全身都麻痹了。幸好,我另一只手还紧紧握着链子没松开,我滑落下来,一直落到沟底,博士在沟底把我扶起来的时候,我毫无知觉。"

弗朗兹像一个对这些解释持怀疑态度的人那样摇着脑袋。

"喏,伯爵先生,"尼克·戴科又说道,"我这跟您讲的可不是我做梦所见。如果说,我在这张床上直挺挺地躺了一个礼拜,手也不能用,脚也不能用,这都是我臆想出来的,那就不合道理了!"

"所以,我绝不认为,您真的受到了粗暴的一击……"

"粗暴的、鬼魅的一击。"

"不,在这一点上我们的看法有分歧,尼克·戴科。"青年伯爵答道,"您认为是遭到了超自然鬼魅的一击,而我,基于并不存在作恶或行善的超自然灵异的理由,我不相信这个。"

"那么,能不能请您,伯爵先生,给我说明我遇上这种情况的原因呢?"

"我还说不明白,尼克·戴科,但是,可以肯定,这一切都会清楚的,而且十分简单。"

"但愿如此!"护林人答道。

"告诉我,"弗朗兹又说,"这个城堡是不是一直都属于戈尔茨家族所有?"

"是的,伯爵先生,一直属于他们,尽管这个家族最后的后裔鲁道尔

夫男爵不见了踪影,一直杳无音讯。"

"他的失踪是什么时候的事情?"

"差不多二十年了。"

"二十年了?……"

"是的,伯爵先生。有一天,鲁道尔夫男爵离城堡而去,从此再也没有见到过他,城堡的最后一个仆人在他离去后几个月就死了。"

"从那以后,谁也没踏进过城堡一步?"

"谁也没有。"

"那本地人是怎么想的?……"

"大家认为,鲁道尔夫男爵死在国外了,而且,他的死就在他失踪以后不久。"

"大家搞错了,尼克·戴科,男爵还活着——至少五年前还活着。"

"他活着,伯爵先生?……"

"是的……在意大利……那不勒斯。"

"您在那儿见到过他吗?……"

"我见到过他。"

"那最近这五年呢?……"

"我再也没有听谁说起过他。"

年轻的护林人陷入了沉思。他脑子里产生了一个想法——一个他犹豫着不敢说出来的想法。终于,他下了决心,抬起头来,双眉紧蹙,说道:

"有没有可能,伯爵先生,鲁道尔夫·德·戈尔茨男爵回家了,就想躲在这个城堡里不出来?……"

"不……这是不可想象的,尼克·戴科。"

"他躲在城堡里……还不让人去他那儿,有什么好处呢?……"

"毫无益处。"弗朗兹·德·泰雷克答道。

然而,这个想法却开始在青年伯爵的心里逐渐成形。这个怪人一辈子高深莫测,他离开那不勒斯以后,潜来藏身于这座城堡,有什么不可能的?鉴于他了解周边地区老百姓的思想状况,如果他想要过完全离群索居的生活,杜绝任何令人讨厌的探索,只要能巧妙地维持住他们对鬼怪的迷信。这对他不是很容易的事情吗?

然而,弗朗兹认为让维斯特村的村民们知道这个假设没有必要。这样就得向他们公开那些纯属他个人隐私的事件。况且,他很清楚,他说服不了任何人,就像说服不了尼克·戴科一样。这时,尼克说道:

"如果在城堡里的是鲁道尔夫男爵,那就得相信鲁道尔夫男爵就是肖特,因为只有肖特才能以这样的方式对付我啊!"

弗朗兹不想再回到这个讨论上来,他改变了谈话的方向。他一方面煞费苦心地让护林人对他那次探险的后果放心,另一方面却要求他绝不再去涉险。这不是他的事儿,而是政府当局的职责,卡尔斯堡的警察们完全能够揭开喀尔巴阡古堡的奥秘。

此后,青年伯爵特意叮嘱尼克·戴科要尽快恢复健康,以免延误了他和美丽的米里奥塔的婚事,他还想来参加他们的婚礼呢。

弗朗兹沉浸在他的思虑之中,返回马蒂亚斯国王,这一天他再也没有出过客栈。

六点钟,约纳斯在大店堂里伺候他用餐,出于值得赞扬的克制,不管是科尔兹老爷或者村里的任何人都没来搅扰他的清静。

八点钟左右,洛茨科对青年伯爵说:

"东家,您不再需要我做什么事了吧?"

"不需要了,洛茨科。"

"那我去平台上抽我的烟斗了。"

"去吧,洛茨科,去吧。"

弗朗兹半躺在软椅上,重又任由自己进入对过去的无法遗忘的回忆之中。圣卡罗剧院最后的那场演出时他在那不勒斯……他脑海里泛起那天戈尔茨男爵出现在他眼前时的形象。男爵把脑袋伸出他的包厢,目光热切地凝视着女歌星,就像要慑服她……

接着,青年伯爵的回忆停留在那封由那个怪人签名的信上,那封信指控他——弗朗兹·德·泰雷克——杀害了斯蒂拉……

就这样,弗朗兹迷失在他的回忆中,他感到睡意渐渐袭来。然而,他依然处于那种似睡非睡的状态,还能听到最微弱的声音。这时,出现了一个令人惊讶的情况。

隐隐约约地有一个柔和而抑扬的声音飘拂在店堂里,可是店堂里只有他一个人,清清楚楚只有他一个人。

弗朗兹没有考虑自己是在做梦还是醒着,他站起身,聆听着。

是的!就像有一张嘴巴凑到他的耳朵边,无形的双唇间逸出斯泰法诺受这两句歌词的启发写出的极具表现力的旋律:

我心爱的人儿啊,
让我们一起到那百花盛开的花园去吧……①

这首浪漫曲弗朗兹太熟悉不过了……这首不可言喻地甜美的浪漫曲,斯蒂拉在告别演出前圣卡罗剧院举办的音乐会上也曾经演唱过……

不知何故,弗朗兹任由再次听到这首乐曲的魅力所左右,仿佛得到了抚慰……

---

① 原文为意大利语。

接着,歌唱完了,而那声音逐渐减弱,随着空气柔弱的颤动而消失。

然而,弗朗兹抖落昏沉的睡意……他挺起身来……屏住呼吸,企图抓住这个直扣他心扉的声音的遥远的回声……

屋里屋外万籁俱寂。

"是她的声音!……"他喃喃说道,"没错!……正是她的声音……我那么喜欢的她的声音!"

接着,他回到对现实的感觉中:

"我睡着了……我做了个梦!"他说。

第 11 章

第二天,青年伯爵天一亮就醒了,他还在为昨晚的梦幻而心神不宁。

他该在这天早上从维斯特村出发,走上去科洛斯瓦尔的公路。

参观过彼得罗萨尼和里瓦采尔这两个工业重镇后,弗朗兹打算在卡尔斯堡停留一整天,然后去特兰西瓦尼亚的首府逗留一些时间。从那里坐火车穿越匈牙利中部各省。这是他最后的一段旅程。

弗朗兹走出客栈,戴着他的夹鼻眼镜漫步在平台上,他怀着深深的感触仔细观察奥尔噶尔高地上的古堡,在初升的阳光照耀下,古堡的轮廓显得相当清晰。

而他此时的思绪全部集中在这一点上:到了卡尔斯堡之后,他要不要兑现向维斯特村村民许下的承诺?要不要把在喀尔巴阡古堡发生的事情报告给警察局?

当青年伯爵答应让这个村子恢复太平的时候,他心里坚信古堡被一伙歹徒,或者至少是一些可疑的人当成了避难所,他们希望不要被别人找到,便设计禁止他人靠近。

可是,这一晚上,弗朗兹的想法出现了重大的变化。他现在犹豫了。

确实,五年来,戈尔茨家族的最后传人鲁道尔夫男爵音讯杳然,他现在怎么样,谁也无法知道。也许会有流言说他离开那不勒斯后不久就死

弗朗兹走出客栈，戴着他的夹鼻眼镜漫步在平台上，他怀着深深的感触仔细观察奥尔噶尔高地上的古堡。

了。可是，这种说法中有多少是真的？他的死有什么真凭实据吗？也许戈尔茨男爵还活着，而，如果他还活着，为什么他就不能回到祖辈留下的城堡呢？为什么大家所知道的，他唯一的心腹——奥尔伐尼克不会陪同他一起来到这里，为什么这个怪诞的物理学家不会是这些使当地民众持续恐惧的异象的始作俑者和导演呢？弗朗兹考虑的正是这些问题。

我们应当承认，这个推断显然相当在理，而如果鲁道尔夫·德·戈尔茨男爵和奥尔伐尼克想在古堡里寻求藏身，那么，不难理解，为了过上符合他们的习惯和性格的孤独生活，他们肯定愿意把城堡变得不可接触。

然而，如果真的是这样，青年伯爵又该采取什么样的行动呢？他寻求介入戈尔茨男爵的私人事务恰当吗？他权衡着问题的得失，正不得其解时，洛茨科来平台上找他了。

他觉得该是把自己在这方面的想法告诉洛茨科的时候了。

"东家，"洛茨科听完伯爵的想法答道，"所有这些鬼魅的幻象有可能就是戈尔茨男爵干出来的。那么好啊！如果正是，我的意见是我们千万不可掺和进去。维斯特的胆小鬼们会按照他们的理解去解决问题的，这是他们的事儿，我们完全没必要为恢复这个村子的安宁操心。"

"好的，"弗朗兹答道，"思来想去，我的正直的洛茨科，你说得有道理。"

"我也是这么想的。"士兵简单地回答道。

"至于科尔兹老爷和其他那些人，他们此刻已经知道怎么着手来摆脱所谓古堡的幽灵了。"

"实际上，东家，他们只要报告卡尔斯堡警察局就行了。"

"我们吃过饭就上路吧，洛茨科。"

"一切将准备就绪。"

"不过,在走上希尔河谷地之前,我们先去帕莱萨那边转一下。"

"那是为什么,东家?"

"我想就近看看那个奇怪的喀尔巴阡古堡。"

"那能有什么意义?……"

"心血来潮罢了,洛茨科,一个耽误不了我们半天时间的怪念头。"

洛茨科被这个决定弄得很不高兴,至少他觉得这样做徒劳无益。可能导致青年伯爵过于强烈地联想到以往那件事的一切,他都想避开。这一次,再怎么做也避不开了,他撞上了东家不可动摇的决心。

这是因为弗朗兹——仿佛受到了不可抗拒的影响力——感到自己被古堡所吸引。他对此并不多想一想,也许,这股吸引力和那个梦有关,梦里,他曾听到斯蒂拉的声音喃喃地唱出斯泰法诺的哀怨的旋律。

可他是做了个梦吗?……是的!他想起大家曾经肯定地说,也是在马蒂亚斯国王的这个店堂里他们曾经听到过一个声音——当时尼克·戴科曾经那么鲁莽地无视其威胁的那个声音。现在他竟至怀疑起真有其事。因此,处于年轻伯爵目前这种精神状态之下,他计划去喀尔巴阡古堡,一直攀登到它古老的大墙脚下,便没有什么可令人惊讶的了。况且,他也没想进入古堡。

自然,弗朗兹·德·泰雷克决定不向维斯特村的村民们透露一点点他的意图。这些人完全可能和洛茨科一个鼻孔出气,阻拦他靠近古堡。因此,他叮嘱他的卫士矢口不提这个计划。看到他们从村子走下希尔河谷地,谁都不会怀疑他们是要走去卡尔斯堡的公路。然而,从平台上,他早就注意到另有一条沿着雷铁扎特山脚的小路,直达伏尔坎山口。从而就有可能爬上帕莱萨的圆顶;不用重新经过村子,也就不会被科尔兹老爷

和其他人看到了。

将近中午,约纳斯脸上挂着他最美好的微笑,呈上有点虚报的账单。账毫无争议地就结算好了。弗朗兹准备出发。

科尔兹老爷、美丽的米里奥塔、海尔莫德老师、帕塔科博士、牧羊人弗利克及许多村民前来告别送行。

甚至年轻的护林人都走出了他的房间,大家清楚地感到不用多久,他就能恢复健康——前护士便把这一切全部归功于他的医术了。

"尼克·戴科,我向您表示祝贺啊,"弗朗兹对他说道,"向您,也向您的未婚妻。"

"我们接受和感谢您的祝贺。"姑娘答道,她因为幸福而容光焕发。

"祝您旅途愉快,伯爵先生。"护林人补充道。

"是啊……旅途会愉快的!"弗朗兹答道,他的脸却阴沉下来。

"伯爵先生,"这时,科尔兹老爷说,"我们恳请您不要忘记您答应的在卡尔斯堡要做的事情。"

"我不会忘记的,科尔兹老爷,"弗朗兹答道,"只是,如果我在旅途中耽搁了,您知道这是个能使你们摆脱那些令人不安的邻居的十分简单的办法。古堡很快就不会再让善良的维斯特村民感到害怕了。"

"这件事说得容易啊……"老师低声咕噜。

"做起来也容易,"弗朗兹答道,"如果你们愿意,不到四十八小时,宪兵们就能制服藏身在古堡里的不管什么人了……"

"古堡里很有可能住的是幽灵。"牧羊人弗利克提醒道。

"即使是这种情况也一样制服它们。"弗朗兹答道,他难以察觉地轻轻耸了耸肩膀。

"伯爵先生,"帕塔科博士说,"您要是曾经和我们——尼克·戴科和我一起去过,也许,您就不会这样说了!"

"尼克·戴科,我向您表示祝贺啊,"弗朗兹对他说道,"向您,也向您的未婚妻。"

"这才会让我感到惊讶呢,博士,"弗朗兹答道,"甚至在我的脚像您一样被古堡下的壕沟逮住了……"

"脚被逮住了……是啊,伯爵先生,或者不如说是靴子!只要您不断言是因为……我当时的……精神状态……是在做梦……"

"我不作任何断言,先生,"弗朗兹答道,"我也绝不力求向您解释在您看来是不可解释的东西。然而,您可以肯定,如果是宪兵来走访喀尔巴阡古堡,他们的靴子惯于遵守纪律,绝不会像您的靴子那样在地上生根的。"

顺着博士的意思说过这些话之后,青年伯爵最后一次接受马蒂亚斯国王客栈主的敬意——他以接待可尊敬的弗朗兹伯爵感到荣幸……

伯爵向科尔兹老爷、尼克·戴科和他的未婚妻,以及聚集在广场上的村民们辞别后,向洛茨科打了个手势,然后两个人便迈开大步走上了山口公路。

不到一个小时,弗朗兹和他的卫士就到了河右岸,他们沿着雷铁扎特山脚朝这条河的上游走去。

洛茨科强忍着不再向东家提出任何看法:提也是白提!他已经习惯了对东家军人似的服从,如果青年伯爵贸然闯入了什么危险的意外事件,他就有本事把他从里面救出来。

经过两个小时的步行,弗朗兹和洛茨科停下来休息。

稍稍向右侧弯曲的瓦拉几亚的希尔河,在这个地方出现一个十分明显的肘形角,重又靠近公路。在另一头,帕莱萨的隆起部位,呈圆形凸起奥尔噶尔高地,距离约半个匈牙利里,即一法里左右。所以,他们应该抛下希尔河,因为弗朗兹想要横穿山口,朝城堡方向走。

显然,为了避免返回维斯特村而绕的这个弯子,使村子到城堡的距离增加了一倍。然而,等到弗朗兹和洛茨科登上奥尔噶尔高地的时候,天色尚且光明。因此,青年伯爵还来得及从外面观察古堡。他将等到夜幕降落时再返回去维斯特村的公路,这样他就能轻松地通过那里,绝不会被谁看到了。弗朗兹的意图是在里瓦采尔过夜,那是个在两条希尔河交汇处的小镇。然后,第二天他们再去卡尔斯堡。

休息持续了半个小时,弗朗兹一声不吭,他深深地沉浸在他的回忆中;想到戈尔茨男爵可能就藏身在城堡深处,浑身就感到一阵燥热……

洛茨科必须极力克制自己才没有对他说:

"不用再往前走了,我的东家!……我们还是转身离开这该死的城堡吧。还是走吧!"

两个人沿山谷最深处走着。开始时,他们不得不穿过没有一条小路的树丛。有些地方沟壑很深,因为,下雨的时节,希尔河有时会满溢,它溢出来的水在这些地方形成呼啸的激流,把这里变成了沼泽。这便给行走造成了困难,结果延迟了进程。他们用了一个小时才重新走上伏尔坎山口的公路,大约在五点钟左右穿过公路。

帕莱萨的右面山坡没有尼克·戴科不得不用斧头开辟通道的那种森林。可是却必须对付另一种类型的困难。那便是一堆堆崩塌的冰碛,冒险走在它们之间不能不小心乍起乍落的地形,深深的断层,以及像在阿尔卑斯山区的冰塔似地矗立着的根基不稳的巨石。泥石流从山顶冲下来的这些巨大的石块横七竖八地堆积在一起。总之,这是一片可怕的货真价实的石海。

在这种情况下爬上一道道斜坡又需要做出一个小时十分艰苦的努力。确实,喀尔巴阡古堡只要有这不可接近的屏障仿佛就固若金汤了,而洛茨科也许希望会出现另外一种不可逾越的障碍,可那种障碍却没有出现。

过了这个巨石和洞穴的地带,终于到达了奥尔噶尔高地最前面的山

脊。从这个点上望过去,城堡的轮廓在阴沉的荒漠中勾勒得更加清晰。多少年来,从那里产生的恐惧,使当地人退避三舍。

这里应该提请注意的是弗朗兹和洛茨科从侧面的护墙,即朝向北面的护墙接近古堡。如果说尼克·戴科和帕塔科博士抵达的是东面的护墙,那是因为他们是沿着帕莱萨高地的左侧走来的,他们把尼亚得激流和山口公路留在了右面。两个方向实际上画出了一个十分开阔的角度,这个角的角尖便是中央主塔楼。况且,在北面越过围墙是不可能的,因为,那里既没有堡门,也没有吊桥,而护墙,建造在高地弯曲起伏的边缘,具有相当的高度。

总之,这一边的口子都被堵死了。不过,不要紧,因为,青年伯爵并不想越过城堡的大墙。

七点半钟,弗朗兹·德·泰雷克和洛茨科在奥尔噶尔高地的最边缘停了下来。那片淹没在阴影里的杀气腾腾的乱石场在他们面前展开来,它的颜色和帕莱萨高地古老的山岩色泽混在一起。围墙左侧形成一个急骤的角度,上面有一个角堡防卫。那棵张牙舞爪的山毛榉便长在那儿,土台上,突出在它建有雉堞的胸墙上空,扭曲的枝杈证明在那个高度的一阵阵西南风有多么强劲。

确实,牧羊人弗利克没有搞错。如果我们相信传说的话,它给戈尔茨男爵们的古城堡只剩下三年的寿命了。

弗朗兹默默地望着这些建筑的总体,在它们中间雄踞着宽阔的中心主塔楼。那里,在这混杂的堆积下,也许还隐藏着一些宽大而空洞的拱顶大厅,迷宫似的长廊,埋在地底下的隐蔽小屋,就像古代马扎尔人的要塞所拥有的那样。再没有任何住处比这个古老的小城堡更适合于戈尔茨家族这位最后的传人居住的了。在这里,他可以幽居在遗忘之中,谁都不可能知道他的秘密。青年伯爵越是朝这方面想,越是坚信,鲁道尔

冲下来的这些巨大的石块横七竖八地堆积在一起。

夫就藏身在喀尔巴阡古堡孤立的围墙中间。

况且,没有任何迹象显示主塔楼里住着什么人。主塔楼烟囱不见冒烟,它那些紧闭的窗户里没传出一点声响。没有一丝东西——连一声鸟叫都没有——搅扰神秘黑暗的宅邸。

弗朗兹贪婪地凝望着这堵围墙,从前那里面声音嘈杂,曾经歌舞升平或者刀剑铿锵。可他沉默着,脑子里翻滚着令人难以忍受的思想,他的心情因为回忆而抑郁。

洛茨科为了不打扰青年伯爵,自己站得远远的。他不能用自己的什么想法打断东家的思绪。然而,当太阳落到帕莱萨高地后面的时候,两条希尔河的谷地开始充满阴影,他不再迟疑。

"我的东家,"他说,"夜晚降临……都快八点了。"

弗朗兹似乎没听到他说什么。

"是该走的时候了,"洛茨科又说道,"如果我们想在旅店打烊之前到达里瓦采尔的话。"

"洛茨科……再等一会儿……是的……就一会儿……我就跟你走。"弗朗兹答道。

"我的东家,从这里到山口公路得走一个小时,到那时,天完全黑了,穿过公路的时候,我们不会被谁看到的。"

"再等几分钟,"弗朗兹答道,"我们就朝村子走。"

青年伯爵从到达奥尔噶尔高地的那一刻起,在他停留的位置上没有移动半步。

"别忘了,东家,"洛茨科又说道,"晚上,要从那些乱石堆里过去会很困难……大白天,我们从那里经过都不容易……我再次恳求您,请您原谅……"

"是的……我们走……洛茨科……我跟你走……"

可弗朗兹却似乎不可抗拒地被一种想不明白的神秘的预感留住在古堡前。难道他像帕塔科博士所说的那样,在护墙脚下的壕沟里他的双脚被拴在地上了吗？……不！他的双脚完全自由,没有镣铐,也没有陷阱……他能够在高地上走来走去,如果愿意的话,没有任何东西阻止他沿着壕沟外护墙转上一圈……

也许他想要这样做吧？

这也正是洛茨科所担心的,他决定最后再说一次：

"走不走啊,东家？……"

"走……走……"弗朗兹回答道。

可他还是没有挪步。

奥尔噶尔高地已是一片黑暗。高地扩大了的阴影朝南延伸,遮住了所有的建筑物,它们的轮廓已是一片模糊不清的黑影。如果主塔楼狭小的窗户不射出一点灯光的话,很快,就将什么都看不见了。

"我的东家……还是走吧！"洛茨科又催了一次。

弗朗兹终于要跟他走了,这时,在长着那棵山毛榉的角堡平台上显现出一个模糊的形象……

弗朗兹停下来,他望着那个轮廓渐渐清晰的形象。

那是一个女人,散着长发,张开双手,身上裹着一件白色的长衣服。

可是,这套服装不正是弗朗兹·德·泰雷克在《奥兰多》的最后一场,最后一次看到斯蒂拉穿的吗？

是的！她是斯蒂拉,她一动不动地双臂伸向青年伯爵,那么深邃的目光凝注在他身上……

"她！……她！……"他大声叫道。

说着,他扑上前去,要不是洛茨科把他抓住,他真会一直滚到大墙根下……

显现的影子突然消失。仿佛斯蒂拉就出来了一分钟……

这并不重要！哪怕只有一秒钟也足以让弗朗兹认出她来，他脱口说出了这几个字：

"她……是她……她还活着！"

是的！她是斯蒂拉，她一动不动地双臂伸向青年伯爵，那么深邃的目光凝注在他身上……

"她！……她！……"他大声叫道。

第 12 章

这可能吗？斯蒂拉,弗朗兹·德·泰雷克以为再也见不到了的斯蒂拉,刚才出现在角堡的平台上了！……不是幻觉作弄他,因为洛茨科和他一样也看见了！……确实就是明星艺术家,穿着她扮演安琪莉嘉的戏装,就像在圣卡罗剧院告别演出时出现在观众面前的那样！

可怕的真实突现在青年伯爵的眼前。如此说来,他心爱的女人,即将成为泰雷克伯爵夫人的女人,五年来被囚禁在特兰西瓦尼亚的崇山峻岭中啊！如此说来,弗朗兹所看见的倒在舞台上的女人活下来了！如此说来,即在大家把奄奄一息的斯蒂拉送回旅馆的时候,鲁道尔夫男爵居然进了她的房间,把她劫持了,带到了这个喀尔巴阡古堡;而第二天,全城人护送去那不勒斯的新圣地安葬的竟是一口空棺材！

这一切对意识清楚的人来说显得不可思议,不能接受,难以信服。那就像奇迹一般,弗朗兹就算反反复复地对自己说这是奇迹,反复到固执的程度,它也让人难以置信啊……是的！……可是,有一个胜过一切的事实:斯蒂拉遭到了戈尔茨男爵的劫持,因为她就在古堡里！……她还活着,因为他刚才还看到她在这面大墙上！……这一点是绝对没有问题的。

青年伯爵力求理清他那乱成一团的想法,而这些想法很快就集中到唯一的一个点上:把五年来被囚禁在喀尔巴阡古堡的斯蒂拉从鲁道尔夫·德·戈尔茨的手中夺回来！

"我的东家……我亲爱的东家！"

"不管要付出多大的代价，我都得去她的身边……她！……而且就在今天晚上……"

"不……明天……"

"我跟你说，今天晚上！……她就在那儿……就像我看到她一样，她也看到了我……她在等我……"

"那好……我和您一起去……"

"不！……我一个人去。"

"一个人？……"

"是的。"

"可是，您怎么进得了古堡呢，既然尼克·戴科没能进去？……"

"我跟你说，我一定能进去！"

"堡门关着呢……"

"它对我不是……我去找……我肯定能找到一个缺口……我从缺口进去……"

"您不要我陪您一起去……东家……您不愿意我陪着？……"

"不要！……我们这就兵分两路，也只有兵分两路你才能帮得上我……"

"那让我在这儿等您？……"

"不，洛茨科。"

"那我上哪儿？……"

"上维斯特村……或者不如……不……不去维斯特……"弗朗兹答道，"让那些人知道也没用……你就去伏尔坎村，今天晚上你就待在那儿……如果你明天没见到我，一大早就离开伏尔坎……也就是说……

不……再等我几个小时……然后,你动身去卡尔斯堡……你在那儿报告警察局长……你把一切都告诉他……最后,你带着警察一起来……如果需要,让他们进攻古堡!……把她救出来!……啊!老天爷……她……还活着……在鲁道尔夫·德·戈尔茨手中!……"

就在青年伯爵断断续续地说这些话的过程中,洛茨科看得出他的东家情绪越来越激动,这种情绪表现在一个已经克制不住自己的人失了章法的情感上。

"去吧……洛茨科!"他最后一次大声嚷道。

"您要我这么做吗?……"

"我要!"

在这个明确的指令下,洛茨科只有听命了。况且,弗朗兹已经走远,眼前的阴影已经遮住了他。

洛茨科在原地逗留了一会儿,下不了离去的决心。这时,他想到,弗朗兹终将徒劳无功,他甚至都进不了围墙,他将不得不返回伏尔坎村……也许明天……也许就在今天晚上……到那时,两个人将一起去卡尔斯堡,而弗朗兹和护林人都没能做到的事情,他们将和警察当局一起来完成……他们将制服鲁道尔夫·德·戈尔茨……他们将从他手里夺下不幸的斯蒂拉……他们将搜索这个喀尔巴阡古堡……需要的话,一块石头也不给它留下……就算地狱里的魔鬼统统一起来保卫古堡也不行!

洛茨科返回奥尔噶尔高地,下坡,奔向伏尔坎山口的公路。

这时,弗朗兹沿着壕沟外护墙的边缘,已经拐过护卫左侧的角堡。

他心里涌起了千头万绪。现在,戈尔茨男爵就在古堡里,这已经是无可怀疑的了,因为,斯蒂拉被软禁在这里……这只能是因为他在这里……斯蒂拉还活着!……可是,弗朗兹怎样才能去到她的身边呢?……他怎么把她带出城堡?……他不知道,他只知道这一点必须做到……而那将是……尼克·戴科没能克服的障碍,他必须克服……驱使他闯进这堆废墟的不是好奇心,而是激情,是他对那个被他发现还活着的女人的爱,是的!她还活着!……他曾经以为她已经死了,现在,他要把她从鲁道尔夫·德·戈尔茨手里夺回来!

实际上,弗朗兹早就想到,在开有连接吊桥的堡门的南面护墙上不可能另有进出口。因此,弄清楚无法爬上那些高耸的大墙后,他转过角堡就沿着奥尔噶尔高地的山脊继续摸索。

这在白天是毫无困难的。在漆黑的夜晚,月亮还没有升起——一个因为集结在群山间的雾霭而变得更加浓重的夜晚——这比危险还要危险。在失足的危险,一直摔到壕沟底的危险上,得加上撞上山岩,可能导致崩塌的危险。

弗朗兹始终在往前走,然而,他尽可能地紧靠着弯弯曲曲的壕沟外护墙,用手脚摸索试探,以确保不要离开护墙。在一种异乎寻常的力量的支撑下,他还感到有一种不会令他失误的超凡出众的本能在指引着他。

过了角堡之后,展开的是南面的护墙,这一面通过扯起来后紧靠堡门的吊桥和外界连通。

过了角堡以后,障碍仿佛成倍增加。在矗立高地的巨岩之间,再想要紧靠壕沟外护墙已经行不通了,他得离开护墙。我们可以想象,一个人在一片毫无规律地布置着石桌坟和石柱的卡尔纳克①场地上力求判明方向会是什么样儿。而且,没有任何标记能帮他引路,一直遮蔽到中心主塔楼顶的沉沉的黑夜里没有一丝微光!

然而,弗朗兹仍然往前走着,他一会儿登上一块挡住去路的大石头,

---

① 卡尔纳克是法国西部布列塔尼的一个村庄,近大西洋海岸。当地有三千多块史前石碑,为布列塔尼人所尊崇。

一会儿又从山岩中间爬过去,他的手被蓟类和荆棘划破了,他的头擦过成双成对的白尾海雕,海雕发出可怕的刺耳的叫声逃跑了。

啊,这时老教堂的钟声为什么不像对待尼克·戴科和博士那样敲响啊?曾经投射在他们身上的那道强光为什么不燃起在主塔楼的雉堞上?那样的话,他可以朝着那个声音,朝着那道强光走去,就像水手游向美人鱼报警的呼啸声或者灯塔的闪光。

不!……只有浓重的黑夜,这使他的目光只能看到几步内的地方。

像这样持续了近一个小时。从他左侧路面显示的倾斜上,弗朗兹感觉到自己迷失了方向。或者,他走到了比堡门低的地方?也许,他已经从吊桥前走过去了?

他停了下来,跺着脚,扭着双手。他该往哪一头走呢?想到他不得不等待天亮,简直就让他快疯了!……可到那时候,他会被古堡里的人看到的……他就不能对他们搞突然袭击了……鲁道尔夫·德·戈尔茨将有所准备……

所以,今天晚上,就在今天晚上进入古堡,这很重要。可弗朗兹却在重重黑暗中找不到方向了!

他发出一声呼喊……绝望的呼喊。

"斯蒂拉……"他大声喊道,"我的斯蒂拉啊!……"

他想哪儿去了,被囚禁的人听得到他的呼喊吗?她能够应答他吗?……

他叫了二十遍,他叫唤出的这个名字在帕莱萨高地回荡。

突然,弗朗兹眼前出现了惊人的情景。一道亮光穿透黑暗——一道相当强烈的光,光源应当就在一定的高度上。

"古堡在那里……就在那里!"他想道。

确实,从它所在的位置判断,亮光只能是从中央主塔楼射出来的。

弗朗兹由于心情过于激动，毫不犹豫地便认定是斯蒂拉给予他的救助。再也不用怀疑，就在他看到她在角堡平台上的时候，她也认出了他。而现在，是她向他发出了这个信号，是她在为他指示去堡门该走哪条路……

弗朗兹朝亮光走去，随着他离亮光越来越近，光线也越来越强。由于他在奥尔噶尔高地上往左多走了一些，他不得不往右攀登了二十来步。然后，几经摸索，重又找到了壕沟外护墙。

亮光在他面前闪烁，它的高度说明它发自主塔楼的某个窗户。

就这样，弗朗兹即将面临他最后的障碍——也许是不可克服的！

确实，既然堡门紧闭着，吊桥被拉了起来，他就得悄悄潜行到护墙的墙角下……然后，他得对付矗立在他面前高达五十尺的大墙，怎么办？……

弗朗兹前进到堡门开着时吊桥支撑的地方……

吊桥是放下来的。

弗朗兹一分一秒都没考虑，他跑过晃动的桥面，把手按到门上……

这扇门开了。

弗朗兹冲到黑咕隆咚的拱顶下。可他刚走几步，吊桥就紧靠着堡门嘎嘎响着被扯了起来……

弗朗兹·德·泰雷克伯爵成了喀尔巴阡古堡的囚徒。

弗朗兹一分一秒都没考虑,他跑过晃动的桥面,把手按到门上……

第 13 章

　　特兰西瓦尼亚地方的居民和在伏尔坎山口上上下下的旅行者都只知道喀尔巴阡古堡的外面是什么模样。恐惧让维斯特和附近地区最勇敢的人都在离它一定的距离就止步不前,呈现在人们眼前的只是颓败城堡的一大堆石头。

　　然而,在城堡内部,它也像人们想象中的那么破败不堪吗?不！在它坚固的大墙的保护下,古老的封建堡垒里依然完好的房间仍然能够住下一支军队。

　　宽大的拱顶厅堂,深深的地窖,多条长廊,石子地面,隐没在野草直茎下的院落,从来见不到阳光的地下室,厚厚的墙壁里的暗梯,被护墙上狭小的枪眼照亮的掩体,分三层的中央主塔楼,里面有足供居住的房间。塔楼最高层有一圈建有雉堞的平台,在城堡内的各个建筑物之间,没完没了的走廊随意交错,一直爬升到各个角堡的平台,往下则通到地下建筑的深处。这里那里有几个蓄水池积聚着雨水,积聚不下的便流进尼亚得激流。最后还有几条很长的地道,不像大家想象的那样是被堵死的,它们一直通到伏尔坎山口的公路。以上便是这座喀尔巴阡古堡的全部结构,它的实测平面图复杂得不亚于波塞纳①、利姆诺斯②或克里特③的迷宫。

---

① 波塞纳(公元前六世纪),伊特鲁利亚(意大利地区名)国王,曾试图占领罗马。
② 利姆诺斯,希腊岛屿名。
③ 克里特,希腊最大的岛屿。

就像忒修斯①为了赢得米诺斯的女儿,吸引年轻伯爵穿越古堡没完没了的曲折通道的也是那种强烈而不可抵御的爱情。他能找到阿丽亚娜把希腊英雄导出迷宫的那根线吗?

弗朗兹只有一个想法,进入这座古堡。他成功地进去了。也许他应该多想一想:弄清楚为什么迄止此日一直拉起来的吊桥,仿佛为了让他通过,特地放了下来!……也许他真该为刚才在他身后突然关上的堡门担心!……然而,他连想都没有想。他终于在城堡里了,鲁道尔夫·德·戈尔茨把斯蒂拉扣住在这里,他送了性命也要来到她的身边。

弗朗兹闯入的长廊扁圆形拱顶,又宽又高,这时却处于漆黑一片之中,而它的石板地面七高八低,让人踩上去很不踏实。

弗朗兹向左边内壁靠去,他手扶着一道墙饰往前走着,墙饰起硝的表面在他手下碎为细末。除了他自己的脚步声,和脚步声悠远的共鸣,他没听见任何声音。一股暖风,夹带着破烂味儿,从背后吹来,仿佛是这条长廊的另一端发出的气息的召唤。

走过支撑着左边最后一个角的石柱,弗朗兹来到一条明显地更加狭隘的长廊的入口,只要张开双臂,就能触及两侧的饰面。

他就这样往前走着,身体前倾,手脚摸索着,力求确认这条走廊是否走的是直线。

从转角石柱算起,走了约二百步之后,弗朗兹感到长廊的走向转向左侧,又走出五十来步后,它进入完全相反的方向。这条走廊是返回古堡护墙的,或者它并不通向主塔楼脚下?

弗朗兹试图加快脚步,然而,每时每刻他都会因为撞上土堆,或者一个突然的转角,迫使他改变方向而停下来。他不时遇到一些岔口,通往

---

① 忒修斯,希腊神话中的大英雄,雅典国王,曾被关闭在克里特岛的迷宫里。

侧面的分廊。可是这一切都淹没在黑暗之中，无法确定。这个迷宫，十足是鼹鼠的杰作，他徒自寻求着辨别方向。

有好几次，弗朗兹发现自己误入了死胡同，不得不往回走。他最担心的是踩上没关紧的翻板活门，使他掉进地牢，再也跑不出来。所以，每当他脚下的盖板发出空洞的声音时，他便小心支撑在墙上，但他始终在急切地勇往直前，没给自己留有片刻思索的时间。

然而，既然弗朗兹还没有遇上往上或者往下行走的情况，可见他还处于和城堡内设置的各个楼房之间的内院同一水平线上。这条走廊就有可能通往中央主塔楼，甚至就在楼梯边上。

不容置疑，在堡门和堡内各个楼房之间有更为直接的交通方式。是的，在戈尔茨家族还住在城堡里的时候，是没有必要走进这没完没了的通道里的。在堡门正对面又有一扇门，与第一条长廊相反，开向演武场，主塔楼便矗立在场子中间。然而门被封死了，弗朗兹连场子都没看到。

青年伯爵在这九曲八弯的长廊里瞎闯已经有一个小时了，他聆听有什么遥远的声音，不敢呼唤斯蒂拉的名字，怕回声会扩散到主塔楼各个楼层。他绝不气馁，只要一息尚存，只要没有不可逾越的障碍，他就要前进。

然而，不知不觉中，弗朗兹已经耗尽了精力。从他离开维斯特，他还没吃过一点东西。他饥寒交迫。他的脚步已经不稳，两条腿发软。在这渗透他衣服的潮湿炎热的空气里，他的呼吸已经变得十分急促，他的心脏跳得很快。

大概九点光景，弗朗兹伸出左脚，没有踩到地面。

他蹲下，他的手摸到一级台阶，接着第二级。

那里是个楼梯。

这个楼梯一直通往城堡的地基，也许它没有出口？

弗朗兹毫不犹豫地走下楼梯，他数了有多少级，楼梯与走廊成斜向。

就这样他走下七十七级台阶，到达又一条水平坑道，这条坑道消失在弯弯曲曲的黑暗之中。

就这样，他走了半个小时。他累垮了，停了下来，这时，在前方两三百尺的地方出现了一点亮光。

这点亮光是从哪儿来的？难道只是个自然现象？在这个深处由氢气燃起的磷火？难道就不会是居住在古堡里的什么人提着的风灯？

"会是她吗？……"弗朗兹低语道。

于是，他又想到了当他迷失在奥尔噶尔高地的石阵中时已经出现过的，仿佛是在为他指示城堡入口的那道光。如果是斯蒂拉在主塔楼的某个窗户给他显示出这道亮光，那么，会不会又是她力求引导他走出这地下建筑的迷津呢？

弗朗兹几乎控制不住自己，他弯下腰，张望了一下，没有做出行动。

那不是一个光点，而是一种漫射光，仿佛充满了走廊尽头的一个地下坟墓。

他急急地爬过去，因为他的脚已经支撑不住了，弗朗兹便是这样决定的，他经过一个狭小的口子后，来到一个地下室的门口。

这个地下室呈直径基本相等的圆形，高十二尺，维护得很好。由八根中间鼓起的支柱的柱头托起的拱顶加强肋呈辐射状散开，中间一个穹隅拱顶石，拱顶石中间镶嵌着一个玻璃灯泡，散发出暗黄的光线。

在门对面，两根支柱之间，另有一扇关着的门，上面的大铁钉钉头锈蚀，标志出门闩外框架所在的位置。

弗朗兹挺起身子，拖沓着脚步走到门前，竭力摇晃门上笨重的梃子。

他的努力不见成效。

地下室里配有几件破败不堪的家具。这里有一张床,是一张橡树心材质的简陋的旧床,上面杂乱地放着各种床上用品;那里有一只凳子脚蚯曲的板凳,一张用系墙铁钉固定在墙上的桌子。桌子上放着一些器皿,一个装满了水的有柄的大水罐,一个碟子,上面盛着一块冷肉和一只海上当干粮用的大圆面包。墙旮旯里,一只浅口盆接着细细的流水,满溢出来的水流入开在一根支柱下的地漏。

在这个地下室里预先就设置好了的东西不正说明它就等待着来客,或者应该说等着来个囚徒关进牢房!难道弗朗兹就是这个囚徒,是有人预谋把他引到这里来的?

在弗朗兹一团乱麻似的思绪中,他竟至毫无疑虑。他因为需要和疲惫精力交瘁,他狼吞虎咽地吃完了放在桌子上的食物,用罐子里装的水解了渴;然后倒在粗糙的床上,就休息几分钟让他稍稍恢复一些体力吧。

然而,当他要把各种想法汇聚起来的时候,他觉得它们就像用手捧起的水一样在流失。

他是不是该等待天明重新开始他的搜寻呢?他的意志力是不是麻木到了使他支配不了行动的程度?……

"不!"他对自己说,"我绝不等待!……去主塔楼……我今天晚上就得到主塔楼里!……"

突然,镶嵌在拱顶石里的灯泡发出的不自然的亮光熄灭了,地下室陷入彻底的黑暗之中。

弗朗兹想要站起身来……他做不到,他的思维进入了睡眠状态,或者更确切地说,思维突然停止了,就像钟里的弹簧断裂后的指针。那是一种奇怪的睡意,或者不如说是一种令人抵御不了的麻木,它不是来自心灵平息的绝对的精疲力竭……

这场酣睡持续了多久,弗朗兹醒来的时候无法确定。他的表停了,

再也无法告诉他时间了。然而,地下室里再次被人造的光线照亮。

弗朗兹下了他的床,往前一个门走出几步,它一直都开着;而另一个门却始终关着。

他想要思考,可他却不是那么容易做到。

如果说,他的体力已经从昨天的困倦中恢复过来,他觉得自己的脑袋却是一片空白而且沉重。

"我睡了多长时间?"他想道,"现在是黑夜还是白天?……"

地下室里一点变化都没有,除了灯又亮了,食物放上了,水罐装满了清水。

因此,当弗朗兹沉浸在那支撑不住的麻木中时,是不是有人来过这里?他们知道他已经到达了古堡的地下?……落入了鲁道尔夫·德·戈尔茨的掌控之中……他是不是被判定了再不能和他的同类有所联系?

这是不能容许的,况且,他会逃出去的,因为他还能这么做,他能找到通往堡门的长廊,他将走出古堡……

能出去吗?……这时,他想起了堡门已经在他身后关上了……

那又怎样!他将设法跑到城堡的墙上,然后,从护墙的一个窗洞,试着溜到墙外……不惜一切代价,他都得在一小时内逃出城堡……

那么,斯蒂拉呢……放弃去她那儿吗?……没有把她从鲁道尔夫·德·戈尔茨手里夺下来就走吗?……

不!而他没能做成功的事情,他将在洛茨科从卡尔斯堡带到维斯特村来的警察的帮助下完成……他们将向这古老的城堡发起猛烈进攻……他们将把古堡搜它个底儿朝天!……

做出这个决定后,就得分秒必争地付之行动了。

弗朗兹站起身,朝他来到这里时通过的长廊走去,这时,在地下室另一道门外传来仿佛是滑动的声音。

那肯定是走近来的脚步声——缓慢地。

弗朗兹前去把耳朵贴在门扇上,而且,屏住呼吸,他听了听……

脚步声仿佛落得均匀,就像走在一级级的楼梯上。毫无疑问,这边又有一个楼梯,连接地下室和内院。

为了应付一切可能的变故,弗朗兹从挂在腰带上的皮鞘里拔出刀来,把它紧紧握在手里。

如果来者是戈尔茨男爵的仆人,他将扑到他身上,夺下他的钥匙,设法使他不可能追着他。然后,他将从这个出口冲出去,试着前往主塔楼。

如果来者是鲁道尔夫·德·戈尔茨男爵——他能认出来,在斯蒂拉倒在圣卡罗剧院舞台上的那一刻,他见到过——他将无情地予以刺杀。

然而,脚步在门槛外面的平台上站住了。

弗朗兹一动不动地等待着门被打开……

门没有开,却有一个温柔之极的声音传到青年伯爵的耳朵里。

那是斯蒂拉的声音……是的!……只是她的声音——连同它所有的音调变化,它难以描述的魅力,柔和的抑扬顿挫,这种仿佛和艺术家一起死去的绝妙艺术令人赞叹的工具——有所减弱。

斯蒂拉在重复吟唱着那哀怨的旋律,弗朗兹在维斯特村的客栈里迷迷糊糊时曾伴他入梦的那个乐句:

> 我心爱的人儿啊,
> 让我们一起到那百花盛开的花园去吧……①

---

① 原文为意大利语。

这歌声一直钻进弗朗兹心灵的最深处……他把它吸进去,把它像琼浆玉液似的喝下去,而斯蒂拉在重复,仿佛在召唤他随她而去:

  走吧,我心爱的人儿……走吧……①

然而,门却没有打开,给予他通道! ……难道他就此去不了斯蒂拉的身边,把她抱在怀里,带着她离开古堡了吗? ……

"斯蒂拉……我的斯蒂拉……"他大叫。

他扑到门上,门对他毫无反应。

歌声仿佛越来越低……声音消失了……脚步声愈来愈远……

弗朗兹跪在地上,试图摇动门板,两只手在铁铰链上划破了;斯蒂拉的声音几乎听不见了,他却始终在叫喊。

就在此时,一个可怕的想法闪电似的划过他的脑海。

"疯了! ……"他嚷嚷道,"她疯了,因为,她认不出我来了……因为,她没有回答我! ……关在这里五年了……在这个人的掌控下……我可怜的斯蒂拉……她的理智迷失了……"

想到此,他站起身,目光迷茫,脚步踉跄,脑袋发热……

"我也一样……我觉得我也丧失了理智! ……"他一再说,"我觉得我也要疯了……像她那样疯了……"

他在地下室里走来走去,像关在笼子里猛兽似地又蹦又跳……

"不!"他重复道,"不! ……我绝不能没了头脑! ……我得从古堡出去……我一定要跑出去!"

---

① 原文为意大利语。

弗朗兹前去把耳朵贴在门扇上,而且,屏住呼吸,他听了听……

于是，他扑向前面的那扇门……

那扇门刚刚被无声无息地关上了。

弗朗兹没有发觉，就在他聆听斯蒂拉的歌声时被关上的……

他先是成了古堡的囚徒，现在成了这个地下室的囚徒。

第 14 章

弗朗兹被吓傻了。就像他所担心的那样,他的思维能力,他对事物的理解,以及这些东西所给予他的睿智,正在从他身上渐渐地流失。他心间尚剩的唯有对斯蒂拉的回忆,唯有这阴暗的地下室不再给他发来回声的那首歌留下的印象。

因此,他是不是出现了幻觉?不是,一千个不是!他刚才听到的就是斯蒂拉的声音,在古堡的角堡上看到的就是她。没错!

这时,那个想法又攫住了他:她已丧失了理智。这可怕的一击落到他身上,就像他第二次失去了她。

"疯了!"他重复道,"是的!……她疯了……因为,她认不出我来了……因为,她没有回答我……她疯了……疯了!"

而这太可能是真的了!

啊,如果他能把她从这座古堡救出去,带她回克拉约瓦城堡,把自己整个儿地都奉献给她。他的照料,他的爱很有可能使她恢复理智!

这便是弗朗兹在可怕的妄想中想到的,好几个小时过去了,他总算重新控制住了自己。

他尽量冷静地推理,在他混乱的思想中找到了头绪。

"我必须从这里逃出去……"他对自己说,"怎么办?……等有人来打开这扇门!……是的!……他们在我酣睡的时候前来给我送这些食

物……我等着……我假装睡着……"

这时,他产生了一个怀疑:罐子里的水恐怕放有催眠物质……如果说他陷入了沉沉的酣睡,进入了这种不知持续多久的人事不省状态,那是因为他喝了这罐子里的水……那好!他再也不喝这个水了……他甚至可以不碰放在桌子上的那些食物……古堡里的人不久就会进来,然后很快……

会很快吗?……他怎么知道的?……此时此刻,太阳是向着穹顶升上去,还是垂落到地平线上?……现在是白天,还是黑夜?

因此,弗朗兹只有竭力抓住向这个门或那个门走来的脚步声……可是,他什么声音都没听到,他沿着地下室墙边匍匐而行,脑袋发烫,目光错乱,耳朵里嗡嗡直响,在仅靠两扇门的缝隙流通的沉重的空气压力下气喘吁吁。

突然,在右侧支柱之一的角落里,他感到有一股比较清新的气流来到他唇边。

难道这个地方会有一个口子,让外界的空气流了一些进来吗?

是的……那里有一个通道,因为在柱子的阴影里他没有想到。

他从两边的内壁之间挤进去,走向一个朦胧的亮处,光线仿佛是从上面照下来的,青年伯爵片刻间便来到了那里。

那里是一个圆圆的小天井,宽五六步,墙高一百来尺。这就像是在一口井的井底,它被用作这个地下囚室的放风处,从这上面下来一些空气和阳光。

弗朗兹可以确定现在还是白天了。在这口井的井口还有一个角有亮光,它与水平井栏成斜角。

太阳至少完成了它这一天路程的一半,因为这个角趋向于缩小。

现在该是下午五点光景。

从而可以得出,弗朗兹这一觉睡了至少四十个钟头,他认定这是某种催眠饮料导致的结果。

由于青年伯爵和洛茨科是在前天,即6月11日离开的维斯特村,那么,现在就该是13日的白天行将结束的时候了……

尽管这个小天井深处的空气十分潮湿,弗朗兹还是大口大口地呼吸,他感到略微松了口气。然而,如果他想从这条长长的石头管道里逃出去,这个设想很快就破灭了。沿着它的内壁爬上去是不可能的,内壁上没有一点突起的地方。

弗朗兹回到地下室里。既然他唯一可能逃出去的途径在这个或那个门上,他便想了解一下这两扇门的情况。

前一扇门——他来到这里时经过的那扇——很结实,很厚,门外面肯定有插销插在铁制的锁横头里,因此,要撬开门扇想都别想。

后一扇门——在门外他听到过斯蒂拉的歌声的那扇——似乎维护得不那么好。木板有几处腐蚀……在这一边开辟出一个通道也许不是太难。

"是的……就从这儿走……就从这儿走!……"弗朗兹对自己说,他恢复了沉着镇定。

然而,必须抓紧时间,因为,一旦他们估计他在催眠饮料的作用下睡着了,就很可能有人来地下室。

他的工作进行得比他所希望的还快。把插销固定在门洞上的金属框架周围的木头,已遭到了侵蚀,弗朗兹用他的刀子挖出了一个环形,进行的时候几乎没发出声音。他停了几次,侧耳听一听,确定外面没有动静。

三个小时之后,插销拔掉了,门在铰链的嘎嘎声中被打开了。

这时,弗朗兹又去了一次小天井,呼吸了不那么令人窒息的空气。

此时，已经没有了显现在井口的那个亮角，说明太阳已经落到了雷铁扎特山的下面。天井已经被淹没在深深的黑暗之中。椭圆形的井栏上闪烁着几颗星星，就像从天文望远镜的长筒里看到的那样。几片浮云在微风不停地吹拂下缓缓移动，风力随着夜晚的到来减弱了。大气中有些色调说明半圆形的月亮已经升到了东边山峦的天际线上。

这时，差不多该是晚上九点钟了。

弗朗兹回来吃了一点东西，他先把水罐里的水倒掉，然后，就着浅口盆喝了水。接着，他把那扇门往身后一拨，走了出去。

现在，他或许能遇上在地下长廊里转悠的斯蒂拉吧？……想到此，他的心跳得都快蹦出来了。

他刚迈出几步，就撞上了一个台阶。就像他曾想到的那样，从那里开始有一个楼梯，上楼梯的时候，他数着一共有多少级——只有六十级，而不是他来到地下室门槛上时走下的七十七级。因此，还需八尺左右才能到达地面。

其实，他也没想遇到更顺心的事儿，无非是沿着漆黑的长廊往前走，他张开双手擦过两侧的内壁，继续前进。

半小时过去了，他既没有被门，也没有被栅栏挡住。可是，有许许多多的转角使他辨别不出面对奥尔噶尔高地的护墙在哪个方向。

弗朗兹小息了几分钟，让自己缓过气来，然后继续往前走，就在他觉得这条过道长得没个尽头的时候，一个障碍物挡住了去路。

那是一堵砖墙。

他的手上下摸索，没摸到丝毫豁口。

这一边没有任何出口。

弗朗兹禁不住发出一声叫喊。他设想的希望在这个障碍前统统粉碎了。他的膝盖弯曲下来，两条腿没了劲，他倒在了墙边。

其实,他也没想遇到更顺心的事儿,无非是沿着漆黑的长廊往前走,他张开双手擦过两侧的内壁,继续前进。

然而,就在接近地面的墙根上有一条裂隙,墙上的砖头脱落,几乎没粘住,手一碰就摇动。

"从这儿……没错!……从这儿!……"弗朗兹叫起来。

说着,他开始把砖头一块块拆下来,这时,他听到另一头传来一个声音。

弗朗兹停住手。

那声音没有停下,与此同时,一道光线穿过缝隙射了过来。

弗朗兹望了望。

那里便是城堡的旧教堂。时间和弃之不顾使这个小教堂破败得惨不忍睹:坍塌了一半的拱顶,拱顶上仅剩的几根横肋搭在突起的支柱上,两三个尖形穹窿的拱门摇摇欲坠,上面绘着火焰的哥特式脆弱的中梃的窗子全散了架。这里那里有一块积满灰尘的大理石板,石板下长眠着戈尔茨家族的某个先人;后部圆室,还有祭台的残余部分,它装饰屏上的雕刻都被划烂了,一点残存的屋顶遮在半圆形后殿上,它还没被阵风刮跑,最后,在正门顶上,摇摇晃晃的钟楼,从上面吊着一根绳子,一直垂落到地面——这便是那口钟的绳子,有时它慢慢地一声声敲响,给滞留在山口道上的维斯特老百姓造成不可名状的恐惧。

这个小教堂向着喀尔巴阡山脉的恶劣气候敞开门窗,那么久都没人前来光顾了,这时却来了一个人,此人手提风灯,灯光把他的脸照得通亮。

弗朗兹一下子便认出了这个人。

他是奥尔伐尼克,男爵在意大利各大城市逗留期间唯一与之交往的那个古怪的人。当时人们看到的穿大街走小巷,手舞足蹈,自言自语的那个怪人,那个不为人所赏识的学者,始终在追逐幻想的发明家,他无疑在用他的发明为鲁道尔夫·德·戈尔茨效力!

因此,如果说弗朗兹迄止此时,即使看到斯蒂拉现身,对男爵就在喀尔巴阡古堡尚持有些微怀疑的话,那么,现在,怀疑变成了确定,因为,奥尔伐尼克就在他眼前。

他半夜三更来这已成废墟的小教堂干什么?

弗朗兹想弄清楚这个问题,而这便是他所看到的。

奥尔伐尼克弯下身子,刚拿起好几个铁筒,他把这些铁筒系在一根线上,这根线是从搁在教堂角落了的线轴拉过来的。他干这个活儿的时候是那么小心,竟至没有看到青年伯爵,即使后者向他走去。

啊,为什么弗朗兹正在扩大的缝隙还不足以让他钻过去啊!要是能进入小教堂,他会扑到奥尔伐尼克身上,迫使他把自己带去主塔楼……

然而,他不能这么做也许正是他的运气,因为,如果他的试图失败,戈尔茨男爵会让他为他刚发现的秘密付出生命的代价!

奥尔伐尼克进来后几分钟,又有一个人走进小教堂。

这个人便是鲁道尔夫·德·戈尔茨。

这个人令人难忘的相貌没有变化。他仿佛不见老,还是那张苍白的长脸,风灯光从下面照上去,花白的长发往后梳理,他的目光闪烁星火,直至黑眼眶的深处。

鲁道尔夫·德·戈尔茨走上前来细细观望奥尔伐尼克手里的活计。

下面便是两个人之间展开的简短的谈话。

第 15 章

"奥尔伐尼克,小教堂里的线都连接上了?"
"我刚接完。"
"角堡掩体里的也都准备完毕?"
"完毕。"
"现在,角堡和小教堂都和主塔楼直接连上了吗?"
"是的。"
"那么,等那个设施送出电流之后,我们还来得及逃离?"
"来得及。"
"通往伏尔坎山口的地道检查过是否通行无阻吗?"
"是的。"

这时出现了片刻沉默,而奥尔伐尼克提起风灯,照了照小教堂的角角落落。

"啊,我古老的城堡,"男爵大声说,"你将让那些试图强行闯入的人付出高昂的代价!"

鲁道尔夫·德·戈尔茨说出这些话时的口气让青年伯爵不寒而栗。

"您听到他们在维斯特村说些什么了?"他问奥尔伐尼克。
"五十分钟前,线路给我传送来了马蒂亚斯国王客栈里的谈话。"
"是不是今天晚上就进攻?"

"奥尔伐尼克,小教堂里的线都连接上了?"
"我刚接完。"

"不,进攻将在明天拂晓展开。"

"那个洛茨科是什么时候回到维斯特村的？"

"两个小时前,和他从卡尔斯堡带来的警察一起到的。"

"好吧,既然城堡已经抵御不了了,"戈尔茨男爵重复说道,"那么,至少,就让它把那个弗朗兹·德·泰雷克和所有前来帮助他的人压死在它的废墟下吧。"

过了片刻,他又问道：

"奥尔伐尼克,那么,那根电话线呢？绝不能让他们有一天得知在城堡和维斯特村之间设有通讯联系……"

"他们不会知道的,我会把那条线毁掉。"

在下觉得,是该把这个故事展开过程中发生的某些奇异现象作一解释的时候了,其根源不久也将有所揭示。

在那个时代——我们要特别提请注意的是,这个故事发生在十九世纪的最后几年——被视作"宇宙之灵魂"的电的运用已经做出了最后的改进。杰出的爱迪生和他的门徒们已经使他们的业绩臻于完善。

在各种电气器材中,当时,电话的功能精确至极,由膜片接受的声音不用借助听筒就能不受限制地到达对方的耳朵里。所说的话,所唱的歌,甚至细言密语,不管相距多远,都能听到。而两个人相隔万里都能说话,就像促膝交谈。①

与鲁道尔夫·德·戈尔茨男爵形影不离的奥尔伐尼克,在电的实际运用上,多年来就已经是第一流的发明家了。可是,我们知道,他那些可赞叹的发现却没有受到应有的重视。学术界只愿意把他看成是个疯子,而

---

① "由于发明了远距离摄像,这两个人甚至可以通过线路连结的玻璃片互相看到对方。"这是作者在这部小说给的极少的注释之一,而当时不仅没有视频,就连电视都没有。作者用的远距离摄像这个词也是他自创的,我们只好这么翻译。但是这里已可见作者在科学上的远见卓识。

不是他那门学科领域里的天才。从而导致这位发明家把遭拒绝和被嫌弃的深仇大恨迁怒于他的同类。

也就是在这种情况下,戈尔茨男爵遇上了穷困潦倒的奥尔伐尼克。男爵鼓励他的科研,为他张开钱袋,让他依附自己,条件便是为他保留其发明的特权,男爵是唯一可利用这些发明的人。

总之,这两个古怪的疯子虽然各有怪癖,从本性上却沆瀣一气。所以,他们一旦相遇,便再不分开——就连戈尔茨男爵追随斯蒂拉跑遍意大利各大城市的时候也是这样。

只是,在音乐迷陶醉在艺术家无与伦比的歌声中的时候,奥尔伐尼克却忙于完善这几年电气学家们所完成的发现,改进他们的实施使用,从中获得最佳效果。

在结束了斯蒂拉的悲剧事件的一次次变故之后,戈尔茨男爵人间蒸发,谁都不知道他怎么样了。实际上,他在奥尔伐尼克的陪伴下,离开那不勒斯,去喀尔巴阡古堡躲了起来。奥尔伐尼克很乐意和他一起躲在那里。

当戈尔茨男爵做出决定把自己的余生埋没在这座古城堡的大墙之间的时候,他希望不能让当地的任何一个居民怀疑到他回来了,不许任何人试图去看他。当然,他和奥尔伐尼克有办法保证他们在城堡里极其充足的物质生活。其实,在城堡和伏尔坎山口之间存在着一条秘密通道,一个可靠的人,男爵的一个谁都不认识的老仆人,便经由这个通道,定期给鲁道尔夫男爵和他的同伴送来所有的生活必需品。

实际上,古堡里剩下的建筑——尤其是中央主塔楼——并不如人们以为的那么破败不堪,甚至比房客所需的居住条件更好。因此,奥尔伐尼克一旦拥有他那些实验所需的一切用品,他便能进行由物理和化学为他提供素材的神奇的工作了。这时,他想到了利用这些东西来使不识趣

的人畏而远之。

戈尔茨男爵迫不及待地接受了这个建议，于是奥尔伐尼克安装了一套专门的机器设备，用于制造种种让人只能以为是鬼魅作祟的怪现象，来恐吓当地的老百姓。

然而，对于戈尔茨男爵来说，处于第一位的，也是十分重要的就是知道最近的那个村子里大家在说些什么。因此，有没有什么办法既听到人们的谈话，又不让他们对此产生怀疑呢？有，如果能在城堡和维斯特的头面人物每晚惯常聚会的那个马蒂亚斯国王客栈的大店堂之间，设置一根电话线的话。

这便是奥尔伐尼克在最简单的情况下，既灵巧又秘密地完成了的工作。一条包裹在绝缘体里的铜线，铜线一头通到主塔楼二楼，安放在尼亚得激流的水底下，一直通到维斯特村。这一部分工作完成后，奥尔伐尼克以观光客的身份出现在村里，去马蒂亚斯国王客栈过了一夜，以便把这根线接到客栈的大店堂里。我们清楚，把浸泡在激流河床里的电线拉到那扇从不打开的后墙窗子的高度上，对他来说并不困难。接着，他放置了一台电话机，把它藏在浓密杂乱的叶丛中，接上电线。这台电话机安置得非常巧妙，它既能接受又能播放声音，从而使戈尔茨男爵既能听到在马蒂亚斯国王所有的谈话，也能让那边的人听到他认为该说的话。

在最初的那几年里，古堡太太平平，没有遭到任何骚扰。它素日的恶名声便足以让维斯特的村民们离得远远的。况且，人们知道，自那个家族的最后几个仆人死后，古堡便被抛弃了。然而，之所以有这个故事的开始，是因为有一天，牧羊人弗利克用望远镜隐隐约约看到主塔楼烟囱冒出了黑烟。从那一刻起，众说纷纭，越演越烈，而结果我们都知道了。

也就在此时，电话通讯大显神通，戈尔茨男爵和奥尔伐尼克由此得悉了维斯特发生的一切。正是通过这条线，他们得知尼克·戴科许下诺言勇闯古堡；也是通过这条线，他们让马蒂亚斯国王店堂里的人突然听到一个威胁的声音，要求尼克改变决定。此后，年轻的护林人不顾威胁，坚持他的决心，戈尔茨男爵便决定让他受点教训，要让他从此以后永远不敢再来古堡。那天晚上，奥尔伐尼克随时准备开动的机器设备制造出了一系列纯属物理作用的怪象，旨在向周边地区散布恐惧。小教堂的钟楼响起了当当的钟声，撒上海盐的熊熊火焰，使所有的物体看上去都像似幽灵一般，压缩空气使巨大的汽笛发出吓人的吼叫，通过高倍数反射镜发射妖魔鬼怪的摄制映像，安排在围墙壕沟草丛中间的一些金属板，连接上干电池，电流通过时吸住了帕塔科博士的包铁皮靴子，最后，从实验室的电池组放电，就在护林人把手搭到吊桥挂钩上的时候把他击翻。

正如戈尔茨男爵所想到的，在这些无法解释的怪现象出现之后，在尼克·戴科遭到如此悲催的打击之后，恐惧达到了顶点，谁都不敢再靠近这个显然有超自然的幽灵出没的喀尔巴阡古堡——即使在整整两匈牙利里之外的地方——不管是给金子还是给银子。

因此，鲁道尔夫·德·戈尔茨相信自己不会再受到不识趣的好奇心的骚扰。恰在此时，弗朗兹·德·泰雷克来到了维斯特村。

就在弗朗兹询问约纳斯，或者科尔兹老爷和其他人的时候，他在马蒂亚斯国王客栈的情景当即就通过尼亚得激流下的电话线传到了城堡。戈尔茨男爵对青年伯爵的仇恨之火，随着那不勒斯发生的那些往事的记忆重新燃起。而且，不仅因为弗朗兹·德·泰雷克现在就在这个村子里，离古堡仅仅几匈牙利里的地方，而且，他居然敢在那些头面人物面前，嘲弄他们荒唐的迷信。他在破坏保护喀尔巴阡古堡的鬼怪

名声,甚至承诺去报告卡尔斯堡当局,好让警察前来结束所有的这些传说!

所以,戈尔茨男爵决定把弗朗兹·德·泰雷克吸引到古堡里来,而我们知道他是通过哪些方法做到的。通过电话机发送到马蒂亚斯国王客栈的斯蒂拉的声音,导致青年伯爵改变行程,走向城堡;出现在角堡平台上的女歌星形象使之产生不可抗拒的进入城堡的欲望;主塔楼一扇窗户射出的灯光引导他走向开着的、让他进来的堡门。在这个电灯光照亮的地下室里,他又听到了那沁人心扉的声音,这个囚室的墙壁之间,他被麻醉入睡之后,给他送去食物。在这个被埋在古堡底下深处的牢房里,门被反锁,弗朗兹·德·泰雷克落入了戈尔茨男爵的手中,而戈尔茨男爵满心打算永远都不让他出来了。

这便是鲁道尔夫·德·戈尔茨和他的同谋奥尔伐尼克神秘合作取得的成果。然而,使男爵气恼之极的是,他知道,没有跟随东家进入城堡的洛茨科已经发出警报,他去报告了卡尔斯堡当局。一个班的警察已经来到维斯特村,戈尔茨男爵即将面临过于强大的对手。确实,他和奥尔伐尼克怎么抵御得了一支人数众多的军队?对付尼克·戴科和帕塔科博士时使用的办法已经不够用了,因为警察是不大会相信鬼怪作祟的。因此,两个人决定把城堡彻底摧毁。他们就等着这一刻采取行动了。一股电流随时准备引爆埋在主塔楼、角堡和老教堂地下的大量炸药,而用于发出这股电流的设施,会留给戈尔茨男爵和他的同谋从通往伏尔坎山口的地道逃离以足够的时间。然后,当青年伯爵和许多爬上城堡围墙的人成为这次爆炸的牺牲之后,两个人将跑得远远的,跑到永远都没人能找到他们踪迹的地方去。

弗朗兹刚才听到了他们的谈话,从谈话中他得知了过去种种怪事的来龙去脉。现在,他知道了在喀尔巴阡古堡和维斯特村之间存在着一根电话线。他也知道了古堡即将毁于一场灾难,这场灾难将让他付出生命的代价。它对洛茨科带来的警察们也将是致命的。最后,他还知道,戈尔茨男爵和奥尔伐尼克会有时间逃走——带着失去意识的斯蒂拉逃走……

啊,为什么弗朗兹不能撬开小教堂的进口,扑到这两个人的身上!……他会把他们打倒在地,他会砍死他们,使他们不能再害人,阻止可怕的毁灭!

然而,此时此刻不可能办到的事情,等男爵走后也许就可能了。等两个人离开小教堂之后,弗朗兹将跟踪追迹,一直追到主塔楼,然后,上帝保佑,他将替天行道!

戈尔茨男爵和奥尔伐尼克已经走到了后部的圆室,弗朗兹始终盯着他们。他们将从哪个门出去?那是一道通向城堡某个内院的门,还是一条连接小教堂和主塔楼的内廊?因为,古堡内所有的建筑物之间应该都有通道相连。不管它了,只要青年伯爵不遇上过不去的障碍就行。

这时,戈尔茨男爵和奥尔伐尼克之间又交谈了几句。

"这儿再没有什么事情要做了?"

"没了。"

"那么,我们分手吧。"

"您还是想让我留下您独自待在城堡里吗?……"

"是的,奥尔伐尼克,您这就从通往伏尔坎山口的地道出去。"

"那您呢?……"

"我要等到最后一刻再离开城堡。"

"我们说定了,我将在比斯特里茨等候您。是吗?"

"在比斯特里茨。"

"那么,鲁道尔夫男爵,您留下吧,您一个人留下,因为这是您的意愿。"

"是的……因为我想听听她的声音……我在喀尔巴阡古堡度过的最后一个夜晚,我想再一次听听她的歌声!"

又过了一会儿,戈尔茨男爵和奥尔伐尼克离开了小教堂。

尽管在他们的谈话中并没有说出斯蒂拉的名字,弗朗兹却很清楚鲁道尔夫·德·戈尔茨刚才说的是她。

第 16 章

祸事迫在眉睫。弗朗兹只有做到使戈尔茨男爵不可能实施他的计划,才能阻止祸事的发生。

这时已是晚上十一点钟。弗朗兹不再担心被发现,接着挖了起来。墙上的砖块很容易就脱落下来了,然而,墙壁很厚,半个钟头过去了,他才挖出一个足以容他过去的口子。

弗朗兹一踏上这个四面来风的小教堂,便因为这外间的空气而精神大振。透过中殿的裂隙和窗洞,可以看到天上微风驱赶下的轻轻的浮云。这边那边有几颗因为升起在地平线上的月亮光辉而苍白的星星。

现在需要做的是找到开启在小教堂尽头的门扉,戈尔茨男爵和奥尔伐尼克出去的那扇门。为此,弗朗兹斜穿过中殿,朝圆室走去。

这一部分因为月光照不到而十分黑暗,他的脚不时踢在坟墓的废墟或从穹顶脱落的残片上。

最后,在圆室的尽头,祭台后部的装饰屏后面,一个黑暗的墙旮旯旁边,弗朗兹摸到了一扇被虫腐蚀的门,他把门打开了。

这扇门后面是一条长廊,它应该横穿大院。

戈尔茨男爵和奥尔伐尼克就是从这儿进入小教堂的,他们刚才也是从这儿出去的。

弗朗兹一踏上这条长廊便重又陷入漆黑一团之中。走过许多转角,

既没有上升,又没有下降,肯定它维持在内院的同一水平面上。

半小时后,光线显得不是那么黑暗了:长廊两侧,透过一些口子进来了一丝丝微光。

弗朗兹可以走得更快一些,并且,他进入了设置在防卫护墙左侧的那个角堡平台下的一个掩体。

掩体上开着几个狭小的射击孔。月光就是从那些孔里射进来的。

在正对它的一面,有一扇开着的门。

弗朗兹首先做的一件事是凑到射击孔前,呼吸了几秒钟清新的晚风。

就在他要退下来的时候,他隐隐约约仿佛看见,在被月光一直照亮到阴森的冷杉林的奥尔噶尔高地下端,有两三个影子在蠕动。

弗朗兹看了看。

在这片高地上,离树林稍稍往前的地方,有几个人在来来回回走动——很可能正是洛茨科从卡尔斯堡带来的警察。他们决定趁夜色行动,想要对城堡里的暂住者们发起突袭,还是在那个地方等待曙光初照?

弗朗兹得付出多大的努力,来克制自己不发出叫喊,不叫唤洛茨科,后者肯定能听到和认出他的声音的!可是,这一叫就有可能传到主塔楼,即在警察们爬上大墙之前,鲁道尔夫·德·戈尔茨完全有时间启动他的器械和从地道逃走。

弗朗兹终于克制住了自己,他离开射击孔。然后,穿过掩体,进入那道门,继续沿着长廊走去。

走过五百步后,他来到一个楼梯前,这个楼梯建造在厚厚的墙壁里面。

他终于到了矗立在演武场中央的主塔楼了吗?他可以这么认为。

然而,这个楼梯肯定不是通往各个楼层的主楼梯,它只是由一连串

就在他要退下来的时候,他隐隐约约仿佛看见,在被月光一直照亮到阴森的冷杉林的奥尔噶尔高地下端,有两三个影子在蠕动。

环形梯阶组成,就像一枚螺丝在黑暗狭小的外壳里面留下的细细的印痕。

弗朗兹静悄悄地往上爬,可他也没听到任何动响,走过二十来级后,他在一个楼梯平台上站住。

那里有一扇开着的门通往环绕主塔楼二层的阳台。

弗朗兹沿着这个阳台往前走,小心翼翼地藏身在护栏下,他朝奥尔噶尔高地望了望。

又有好几个人出现在冷杉林边缘,却没有任何迹象表明他们想向古堡靠拢。

弗朗兹决定在戈尔茨男爵从山口地道逃跑之前找到他,他绕着环形阳台来到另一扇门前,螺旋形楼梯在那里继续它回旋的上升。

他踏上第一格梯阶,双手撑在两边的墙上,开始往上爬。

始终是那么寂静。

二层的房间没人居住。

弗朗兹急急登上通往最上面几层的楼梯平台。

当他来到第三个平台的时候,他脚下踩不到梯阶了。通向主塔楼最高层房间的楼梯到那儿为止。那一层周围就有一圈筑有雉堞的平台,从前这里飘扬着戈尔茨男爵的旗帜。

楼梯平台的左侧墙上嵌着一扇门,此时关着。

门钥匙插在门外,透过锁眼从门里射出一缕强光。

弗朗兹听了听,没听到房间里有任何声响。

他把眼睛贴在锁眼上,只能看到房间的左面部分,那里很亮,右面那部分淹没在黑暗中。

弗朗兹轻轻地转动钥匙,他推开房门。

主塔楼最高的这一层整个儿就是一个宽敞的厅堂。在它环形的墙上支撑起一个藻井拱顶,它的横肋汇聚到中心,融合成一个沉重的穹隅。厚厚的壁衣,古老的人物挂毯,蒙住了它的墙壁。几件旧家具,衣柜、餐具架、软椅、板凳,布置得颇具艺术品位。窗上悬挂着厚厚的窗帘,使屋子里的亮光丝毫漏不出去。地板上铺着厚厚的羊毛地毯,减弱了踩在上面的脚步声。

至少,厅里的安排却有点奇怪,而弗朗兹走进厅里的时候,尤其令他惊讶的是它呈现出来的鲜明对照:一边沉浸在阴影里,而另一边呈现在亮光下。

房门右侧的大厅深处消失在深沉的黑暗中。

左侧相反,那里有一个台,台上铺着黑色的毯子,接受强烈的光线,这光线应该来自安放在台前的隐没的聚光装置。

在离台前十来尺的地方,与一个齐肘高的屏幕隔开,有一把古老的高靠背软椅,被半明不暗地圈在屏幕光线中。

软椅旁边有一张小桌子,上面铺着桌毯,桌毯上搁一个长方形的盒子。

这个盒子,长约十二到十五寸,宽五到六寸,盒子盖上镶着宝石,盒子被架高了,里面有一个金属滚筒。

弗朗兹一进大厅就发现椅子上有人。

确实,那里坐着一个人,他保持着纹丝不动的姿势,脑袋仰起,靠在软椅靠背上,合着眼皮,右手臂伸直搁桌子上,手按住在盒子前部。

这个人是鲁道尔夫·德·戈尔茨。

难道说男爵想在古老的主塔楼里度过这最后一个晚上就为了小眠一会儿?

不!……从弗朗兹听到的他对奥尔伐尼克说的话来看,绝不可能是这样的。

戈尔茨男爵一个人在这个房间里,他的同伴按照他接到的指令,这时无疑早已经从地道逃遁了。

那么,斯蒂拉呢?……鲁道尔夫·德·戈尔茨不是还说过他想在喀尔巴阡古堡被炸毁之前,最后一次听听她的歌声吗?……除此之外,他还能为别的什么理由回到这个大厅里来呢?她大概每晚都会来这里让他沉醉在她的歌声里吧?……

那么,斯蒂拉在哪儿?……

弗朗兹没看见她,也没听到她的声音……

不管怎样,这都不重要了,现在,鲁道尔夫·德·戈尔茨可以说已经任由青年伯爵的摆布!……弗朗兹有办法迫使他招出来。然而,由于他处于万分激动之中,他会不会扑到这个劫持了斯蒂拉的人身上——他被这个人所恨,也恨得他咬牙切齿的人身上……斯蒂拉,还活着,却成了疯女的斯蒂拉……这个把她逼疯了的人身上——杀了他呢?……

弗朗兹上前站到软椅背后。他再往前一步就能逮住戈尔茨男爵了。他两眼充血,头脑发昏,抬起手来……

突然,斯蒂拉出现了。

弗朗兹手里的刀落到地毯上。

斯蒂拉站在台上,在灯光的照耀下,她头发散开,张着双臂,穿着《奥兰多》里安琪莉嘉的白色戏装,美得让人惊艳,就像她出现在古堡角堡上那样。她的双眸凝望着青年伯爵,仿佛一直刺入他心灵的深处……

她不可能没有看到弗朗兹,可是,斯蒂拉没有打手势招呼他……也没有张开嘴巴和他说话……唉,她疯了!

弗朗兹正要冲上台去,把她抱在怀里,带她出去……

这时,斯蒂拉开始唱歌。戈尔茨男爵没有离开椅子,身体朝她倾侧。音乐爱好者心醉神迷之至,像嗅着香气那样呼吸着这个声音,像饮琼浆玉液似的吞咽这个声音。当初在意大利各个剧院里看演出时是什么样儿,这时,在凌驾于特兰西瓦尼亚乡间之上的这个主塔楼楼顶的大厅里,无限的孤独中,就是什么样儿!

是的!斯蒂拉在唱!……她在为他而唱……就只是为他!……那就像是一股气息从她的唇齿间逸出,她的嘴唇仿佛一动不动……然而,如果说理智抛下了她,至少,她艺术家的心灵却依然完好无损!

弗朗兹也在为这歌喉的魅力所陶醉,这声音,他已经有漫长的五年没有听到了……他完全沉浸在热切的观望之中,望着这个他以为永远都见不到了的女人,而她却在这儿,活着,就像是出了什么奇迹似的,使她在他的眼里死而复生!

而斯蒂拉唱的这首歌,不正是那些歌曲中能最强烈地拨动弗朗兹心里的回忆之弦的那首吗?是的!他听出了《奥兰多》那场悲惨的戏里的终结曲,唱到它最后那句歌词的时候女歌星的心灵破碎了:

我那迷恋的心在颤抖,
我要死去……①

弗朗兹一个音符接着一个音符地听她唱这句难以形容的歌词……他在对自己说,她不会像在圣卡罗剧院那样被打断的!……不!……这句歌词不会在斯蒂拉的唇齿间消亡,不会像在她的告别演出时那样消亡……

弗朗兹喘不过气来了……他全部的生命就维系在这首歌曲上……再有几小节,这首歌就将结束在它完美的白璧无瑕之中……

---

① 原文为意大利语。

可是，这时声音开始越来越弱……仿佛斯蒂拉在重复令人心痛如绞的这些歌词时，犹豫了：

  我要死去……①

斯蒂拉会不会像当初倒在舞台上那样倒在这个台上？

她没有倒下，但是，歌声在圣卡罗剧院时唱到的同一小节、同一音符上戛然而止……她发出一声尖叫……也是那天晚上弗朗兹曾经听到过的那声尖叫……

然而，斯蒂拉始终在那儿，站着，一动不动，始终带着令人爱慕的目光——这道目光把她心灵中全部的柔情都抛给了青年伯爵……

弗朗兹朝她冲过去……他想要带着她离开这个大厅，离开这座城堡……

这时，他和男爵撞了个面对面，男爵刚站起身来。

"弗朗兹·德·泰雷克！……"鲁道尔夫·德·戈尔茨大声惊呼，"弗朗兹·德·泰雷克居然逃出来了……"

可是，弗朗兹没有搭理他，他向着台上冲过去，嘴里重复着：

"斯蒂拉……我亲爱的斯蒂拉……我终于在这里又找到你了……你还活着……"

"还活着……斯蒂拉……还活着！……"戈尔茨男爵嚷道。

他带着嘲弄的口气说出的这句以哈哈大笑告终的话，从中可感到他已怒不可遏。

"还活着啊！……"鲁道尔夫·德·戈尔茨接着说道，"那好啊！就让

---

① 原文为意大利语。

"弗朗兹·德·泰雷克!……"鲁道尔夫·德·戈尔茨大声惊呼,"弗朗兹·德·泰雷克居然逃出来了……"

弗朗兹·德·泰雷克来试试从我手中把她夺走吧!"

弗朗兹向两眼热切地注视着他的斯蒂拉张开双臂……

此时,鲁道尔夫·德·戈尔茨弯下身子捡起从弗朗兹手里掉下来的刀,把它刺向一动不动的斯蒂拉……

弗朗兹扑向他,想要打掉威胁不幸的疯女子的尖刀……

晚了一步……利刃扎进了她的心脏……

突然,就听得一阵玻璃破碎的声音,然后,随着许许多多碎玻璃在大厅里到处散落,斯蒂拉不见了……

弗朗兹愣住了……他再也弄不明白……是不是他也变成了疯子?……

而此时,鲁道尔夫·德·戈尔茨却嚷起来:

"斯蒂拉再一次躲开了弗朗兹·德·泰雷克!可是,她的声音,她的歌声却留给了我……她的声音是属于我的……归我一个人所有……永远都不会属于任何人!"

就在弗朗兹想扑到戈尔茨男爵身上的时候,他感到一下子浑身乏力,他倒在台下,昏死过去。

鲁道尔夫·德·戈尔茨理都不理青年伯爵。他拿起放桌子上的盒子,疾步走出大厅。他下到主塔楼二层,来到阳台上。然后,他绕着阳台转了一圈,正准备走进另一道楼梯,这时响起了枪声。

埋伏在壕沟外围墙边上的洛茨科朝戈尔茨男爵开了一枪。

男爵没被打中,但是,他抱在怀里的盒子被打了个粉碎。

他发出一声可怕的惨叫。

"她的声音……她的声音啊!……"他重复道,"她的灵魂……斯蒂拉的灵魂……它被击碎了……击碎了……击碎了!……"

这时,只见他毛发竖立,双手抽搐,沿着平台奔跑,嘴里一直在叫:

"她的声音……她的声音！……他们击碎了她的声音！……这些人真是该死！"

说着,他进入门里消失了。这时,洛茨科和尼克·戴科没等警察们过来,企图爬上古堡的围墙。

几乎就在这个时候,惊天动地一声爆炸使整个帕莱萨高地为此颤动,火苗冲天,直抵云霄,崩塌的石块落到伏尔坎的公路上。

喀尔巴阡古堡的角堡、护墙、主塔楼、小教堂只剩下一堆废墟,在奥尔噶尔高地上烟雾腾腾。

喀尔巴阡古堡的角堡、护墙、主塔楼、小教堂只剩下一堆废墟，在奥尔嘎尔高地上烟雾腾腾。

第 17 章

我们没有忘记，按照男爵和奥尔伐尼克的谈话，爆炸应该在鲁道尔夫·德·戈尔茨离开后炸毁城堡。可是，在这次爆炸发生的时候，男爵竟没来得及从通往山口公路的地道逃走。痛苦使之暴怒，绝望让他疯狂，鲁道尔夫·德·戈尔茨已经对自己的所作所为无所意识，难道是在这种情况下，他引发了一场即时的灾难，使自己成为这场灾难的第一个牺牲者的吗？洛茨科的那颗子弹击碎了他带着的盒子之后，从他脱口而出的那些令人费解的话语来看，他是不是就想葬身在古堡的废墟下？

不管怎样，很幸运的是，被洛茨科的那一枪惊动的警察们，当爆炸撼动整个山林的时候，他们还在一定的距离之外。只有几个人在奥尔噶尔高地被落下来的碎砖残片击中。也只有洛茨科和护林人当时在护墙下，而他们真如奇迹般地没有被这场石头雨砸死。

因而，爆炸产生了效果，那便是，当洛茨科、尼克·戴科和警察们爬上被倒塌的大墙填了一半的壕沟后，进入城堡并没有费太大的劲儿。

在离护墙五十步的地方，主塔楼底下的瓦砾里，他们挖出了一具尸体。

这具尸体是鲁道尔夫·德·戈尔茨的。当地有几位老人——其中包括科尔兹老爷——毫不迟疑地便认出他来了。

至于洛茨科和尼克·戴科，他们一心想到的是要找到青年伯爵。既

然弗朗兹没在他和他的卫士约定的时间出现,那是因为他没能跑出城堡。

然而,洛茨科不敢奢望青年伯爵能活下来,不敢奢望他没有成为这场灾难的殉难者。因此,他泪珠滚滚,哭哭啼啼,让尼克·戴科都不知道怎样使他平静下来。

然而,寻寻觅觅半个小时之后,青年伯爵终于在主塔楼二层被找到了,亏得被一根牢固的支撑挡住,他没被压死。

"我的东家啊……我可怜的东家……"

"伯爵先生……"

洛茨科和尼克·戴科俯身在弗朗兹身上。他们大概以为他已经死了,其实,他只是晕了过去。

弗朗兹睁开双眼,可他的目光却十分迷茫,仿佛没认出洛茨科,也没听到他在说什么。

尼克·戴科把青年伯爵扶起来抱在怀里,不停地跟他说话。伯爵一句话都没回答。

从他嘴里就只发出斯蒂拉歌里最后的几个词:

　　　　迷恋的……我要死去……①

弗朗兹·德·泰雷克疯了。

---

① 原文为意大利语。

第 18 章

要不是发生了下面所说的情况的话,也许,以喀尔巴阡古堡为舞台演出的那些怪象是怎么一回事便永远都不会有人知道了,因为青年伯爵已经失去了理智。

按照奥尔伐尼克和戈尔茨男爵的约定,男爵将去比斯特里茨镇和他会合。奥尔伐尼克在那里等了四天。由于始终没见男爵过来,他想,男爵会不会成了爆炸的牺牲者。出于担心,也出于好奇,他离开了小镇,走上返回维斯特的公路,他回到古堡附近转来转去。

也该他倒霉,因为警察在洛茨科的指认下,把他逮了个正着,洛茨科可是他的老相识了。

一到省城,他就被带到法官们面前,当着法官们的面,奥尔伐尼克没让人费一点周折,就回答了受命调查这场灾祸的法庭向他提出的所有问题。

我们甚至可以说,鲁道尔夫·德·戈尔茨男爵的悲惨下场似乎并不特别让这个自私怪癖的学者动容,他的心思全部在他的发明创造上。

对于洛茨科迫切询问的首要问题,奥尔伐尼克肯定地回答说,斯蒂拉已经死了,并且——这些都是他说的原话——她已经安葬,五年前,就好好地被安葬在那不勒斯新圣地公墓了。

这个肯定的答复所引起的惊讶,在这次怪事频出的经历中并不是最

小的。

确实,如果说斯蒂拉已经死了,那么,在客栈的店堂里,弗朗兹怎么又听到了她的声音?接着,又看到她现身在角堡的平台上?然后,当他被关在地下室里的时候,又让他为她的歌声心醉神迷?……最后,他怎么又在主塔楼的那个房间里看到她还活着呢?

下面便是对这种种貌似无法解释的怪象的解释。

我们记得,当斯蒂拉做出决定离开舞台去当泰雷克伯爵夫人的消息流传开以后,戈尔茨男爵是何等绝望。艺术家令人赞叹的才华,也就是音乐迷全部的享受就要一去不复返了。

即在此时,奥尔伐尼克向他建议,用录音机,采集女歌星在告别演出时选唱的保留节目中的主要片段。这种机器在那个时代已经得到极大的改进,而奥尔伐尼克又使之臻于完善,使录下来的人类的声音,不管是它的魅力,还是它的纯净度,均不会受到丝毫损害。

戈尔茨男爵接受了物理学家的提议。在公演季节的最后一个月,他的有栅栏的包厢里便秘密安装了几台录音机。就这样,在它们的模板上便刻下了歌剧或音乐会上演唱的咏叹调和浪漫曲,其中也有斯泰法诺的歌曲和那首因为斯蒂拉的猝死而中断了的《奥兰多》的终结曲。

戈尔茨男爵就是在这种情况下回到喀尔巴阡古堡离群索居的,而在这里,他每天晚上都能听到用这种令人赞美的机器采集下的歌曲。而且,他不仅能像以前在他的包厢里那样,听到斯蒂拉的歌声,还能——这一点可能会显得完全地不可理解——看到她就像活的一样,出现在自己眼前。

这仅仅是采用了光学上的一些手法。

我们没有忘记,戈尔茨男爵得到过一幅极漂亮的女歌星的画像。在这幅全身立像上她穿着《奥兰多》里安琪莉嘉的白色戏装,散开一头飘逸的秀发。然后,用几面按照奥尔伐尼克计算出来的某个角度倾斜的玻璃,当强光源照亮放在镜子前的画像时,斯蒂拉便通过反射,显现出来了,像她充满活力,芳菲照眼的生前一样地"真实"。正是靠这种装置,那天晚上,鲁道尔夫·德·戈尔茨把它搬到角堡平台上,当他想引诱弗朗兹·德·泰雷克的时候,让斯蒂拉显现出来。也正是靠这种装置,在主塔楼的大厅里,当斯蒂拉狂热的欣赏者陶醉在她的嗓音和歌曲中时,青年伯爵再次见到了她。

这便是奥尔伐尼克所供认情况的简单扼要的概述,他在审讯过程中说的还要详细得多。还需一提的是,他非常自豪地宣称自己是这些天才发明的创造者,是他把这些发明推进到了最完美的程度。

然而,如果说奥尔伐尼克从物质上对这种种现象,或者按照惯用的说法是这些"玩意儿,"做出了解释,无法解释的是,为什么戈尔茨男爵没来得及在爆炸前从通往伏尔坎山口的地道逃出去。不过,当奥尔伐尼克得知一颗子弹击碎了鲁道尔夫·德·戈尔茨捧在手里的东西时,他恍然大悟,那是录有斯蒂拉最后那首歌的录音机,是鲁道尔夫·德·戈尔茨想在城堡炸毁前去主塔楼的大厅里再听一次的那首。而这台机器毁了,戈尔茨男爵的生命也就被毁了,他绝望得失去了理智,想让自己埋葬在古堡的废墟里。

鲁道尔夫·德·戈尔茨被埋在维斯特的公墓里,他得到了在他身上结束的古老世家应有的礼遇。至于年轻的泰雷克伯爵,洛茨科把他运回了克拉约瓦城堡,在那里,他尽心尽力地照顾着东家。奥尔伐尼克心甘情愿地把那些录音机让给他,那些机子里还收集着斯蒂拉的其他歌曲。当弗朗兹听到这位大歌星的声音时,他倾注了一定的注意力,他恢复了往日的意识,仿佛他的心力求在无法遗忘的往日记忆中复生。

实际上,几个月以后,青年伯爵便恢复了理智,人们便是从他口中得

知了喀尔巴阡古堡最后一晚上的详细情况。

现在,我们来表一表美丽迷人的米里奥塔和尼克·戴科,灾难后一星期他们举行了婚礼。新婚夫妇接受了伏尔坎村的神甫的祝福后返回维斯特,科尔兹老爷在自己家里给他们保留着最漂亮的卧室。

然而,这种种怪象合情合理地真相大白之后,可不能就以为少妇不再相信古堡里有鬼怪显现了,尼克·戴科跟她讲道理纯属白费口舌——约纳斯也是这样,因为他想把马蒂亚斯国王的老客们再吸引回来。他们并不信服,况且,科尔兹老爷、牧羊人弗利克、海尔莫德老师以及维斯特的其他居民也无不如此。很可能要等过了许多年之后,这些善良的人们才会放弃他们的迷信观念。

只有帕塔科博士,重又得瑟,自吹自擂,不停地对旁人重复道:

"怎么样啊!我不是早说过了吗?……古堡里的精灵嘛!……真有精灵吗!"

可没人听他的,甚至,当他的嘲笑超过了限度时,人们还请求他别说下去了。

再者,海尔莫德老师依然把他的课程建立在对特兰西瓦尼亚传说的研究上。很久很久,维斯特村的年轻一代还相信喀尔巴阡古堡的废墟上有另一个世界的精灵出没呢。

LE CHATEAU CARPATHES